# 月下氷人

## 金椛国春秋外伝



篠原悠希

角川文庫
22832

# 月下氷人

金椛国《きんかこく》春秋

外伝

# 目次

# おもな登場人物

星《せい》 遊圭《ゆうけい》……名門・星家の御曹司で唯一の生き残り。生まれつき病弱だったために医薬に造詣が深い。書物や勉学を愛する秀才。

李《り》 明蓉《めいよう》(明々《めいめい》)……少女のときに遊圭を助けたことから、後宮の様々な苦労を共に乗り越えてきた。紆余曲折を経て、ついに遊圭と結ばれる。

胡娘《こじょう》(シーリーン)……西域出身の薬師で、遊圭の療母。星家族滅の日からずっと遊圭を助け、見守り続けてきた。現在は玲玉に薬食師として仕えている。

陶蓮《とうれん》……皇城内で薬種屋を営む女薬師。かつて星家を裏切り、遊圭を見殺しにしようとした。

陶《とう》 玄月《げんげつ》(陶紹《とうしょう》)……皇帝陽元の腹心の宦官。遊圭の正体を最初に見抜き、後宮内の陰謀を暴くための手駒として遊圭を利用してきた。

林《りん》 凜々《りんりん》……後宮を警護する娘子兵の隊正。玄月に忠誠を捧げており、彼の腹心として働く。

星《せい》 玲玉《れいぎょく》……遊圭の叔母。金椛国の現皇后。

司馬陽元《しばようげん》……金椛国の第三代皇帝。

陶 名聞《とうめいぶん》……宦官の最高位・司礼太監を務める玄月の父。
元は陽元の学問の師たる太子傅だったが、
宗家の罪に連座させられ、玄月とともに宦官となった。

王 慈仙《おうじせん》(仙児《せんじ》)……かつての玄月の先輩宦官。少年時代よりともに陽元に
忠誠を誓ってきたが、謀略によって玄月を失脚させようと目論んだ。

蔡 月香《さいげつか》……安寿殿の元内官。遊圭が後宮に隠れ住んでいたときの主人であり恩人。
玄月の元許嫁で、様々な困難を経て玄月の伴侶となった。

天狗《てんこう》……遊圭の愛獣。外来種の希少でめでたい獣とされている。
仔天狗の天伯、天月、天遊、天真、天天、天雲の母狗。

史 尤仁《しゆうじん》……胡人の血を引く北西部の郷紳階級出身の青年。
遊圭の学友であり、ともに戦場を駆けた仲。

橘 真人《きつまひと》……東瀛国《とうえい》出身の青年。かつて遊圭を騙して命の危険に晒したが、
西の砂漠越えの難業を通じて戦友となる。

# 第一話　時の妙薬

# 休暇

「ねえ、遊々《ゆうゆう》——じゃなかった。あの」

星《せい》家の若奥様となった李明蓉《りめいよう》は、ぽっと顔を赤らめて口ごもった。

夫婦であれば字《あざな》の『遊圭《ゆうけい》』でも幼名の『遊々』でもなく、本名である諱《いみな》の『游《ゆう》』で呼びかけるべきであろうが、庶民の出である李明蓉は、上流階級の官家でも夫を呼び捨てにしていいものか迷った。それに、何年も愛称の『遊々』で呼んでいたので、本名を呼ぶのはなんだかいまさら気恥ずかしい。

横長の榻床《とうしょう》いっぱいに伸びて昼寝する天狗《てんこう》の毛を梳《す》いていた遊圭は、櫛《くし》に集めた夏毛を袋に入れて、明々《めいめい》に向き合った。

「明々、ふたりきりのときは、好きなように呼んでいいよ。わたしも明々と呼ぶ方がしっくりくる。それに、『遊々』は明々がわたしにつけてくれた愛称だから、思い入れもある。子どものときは、家族以外に名を呼ばれることはなかったからね」

身内以外と接することのほとんどない幼少期を送った遊圭は、親の知人や召使いたちには星二坊《せいじ》ちゃんと呼ばれていた。成長して家を再興し、家督を継いでからは、召使いには『大家《ターチャ》』と呼ばれている。公の場においては、姓に役職名の殿中侍御史《でんちゅうじぎょし》をつけて呼ばれるのでなければ、単純に星大官だ。二十歳やそこらで『大官』と呼ばれるのも面映《おもは》ゆいことであるが、年齢や経歴、位の上下に関係なく、官僚の地位にある人物に『大官』の敬称をつけておけば、とりあえず礼を失しないというのが世間の作法であった。

「うん。じゃあ、遊々。お昼から陶蓮《とうれん》さんの薬種堂へご挨拶《あいさつ》に行きたいんだけど、遊々も一緒に来てくれる？　結婚式にご祝儀をいただいているから、夫婦でお礼に伺うのがいいと思うの。遊々は明日から勤務に戻るのよね。だから」

陶蓮の名を耳にした遊圭は、頬がこわばるのを感じた。言葉も喉《のど》のあたりでひっかかって、すぐには出てこない。遊圭の緊張を察したか、あるいは陶蓮の名が耳にはいったからか、天狗の耳もぴくぴくと動いた。

遊圭は軽く咳払《せきばら》いして、気持ちを落ち着ける。

「今日の午後は、上司の家に挨拶に行かないといけないから、一緒に行けない。休暇なんて短くてあっという間だったね。申し訳ないけど、轎《かご》を呼んで明々ひとりで行ってきてくれるかな。陶蓮さんには、明々が一年もお世話になったのだから、返礼の贈り物はいいものを選んで差し上げて。ああ、付き添いは孫五《そんご》に言いつけるといいよ。孫五は宮城の東側の地理に詳しいから、迷わず行って帰ってこれる」

孫五は新居に移ってから、新しく雇い入れた下男だ。星家と陶蓮とのかかわりは知らないので、明々のお付きに出しても安心だろう。星家に代々家族ぐるみで忠実に仕えてきた家宰の趙爺《ちょうや》や、下男頭の潘敏《はんびん》をつけて出したら、陶蓮の店で騒ぎを起こしかねない。

遊圭との結婚話が宙に浮いた昨年のこと。戻った実家では居心地の悪い身の上になった明々を受け入れたのが、皇城内で薬種屋を営む陶蓮という女薬師だ。だが、この陶蓮はかつて星家を裏切り、遊圭を死に追いやろうとしたことがある。族滅が定まった当時の遊圭の両親は、病弱で幼い遊圭だけでも逃がそうと、旧知の陶蓮に預けたのだが、陶蓮はあっさりと掌《てのひら》を返して遊圭を錦衣《きんい》兵に引き渡そうとした。

あのときの恐怖と苦しみは、十年近い歳月が経過しても色褪《いろあ》せることがない。明々が世話になったことで、そのときの恨みが相殺できるかといえば、遊圭はとてもそういう気持ちにはならなかった。

かつての旧主であった蔡月香《さいげつか》の口利きで、陶蓮の薬種屋に居候することとなった明々は、陶蓮から薬学も学び、師弟に等しい関係となっている。陶蓮は明々には親身に接してくれていたようで、明々は純粋に陶蓮のことを慕っている。陶蓮の本性を知ることで明々が傷つくことを怖れた遊圭は、真相を告白できないまま、明々と陶蓮の交際を傍観していた。

陶蓮は明々の結婚祝いに、高価な絹織物や高級磁器を贈ってきた。さすがに面と向かって遊圭と顔を合わせるほど、陶蓮は厚顔ではなかったらしく、本人は祝いに訪れなかった。小広間に並べられた贈り物を眺めた遊圭は、陶蓮の身代でこれだけの祝儀を出すのはかなりの痛手であったろうと推し量った。先の朔露《さくろ》戦役の論功行賞において官位を進め、星家の再興を遂げた遊圭に、過去の遺恨を水に流して欲しいという意図が込められていることは明白だ。

しかし、傾きかけた陶蓮の店に遊圭の両親が投資した財貨や、遊圭を匿《かくま》うために都合した支度金に比べれば微々たるものである。さいわい、明々に宛てた贈り物であったので、遊圭は見て見ぬ振りをした。返礼も明々の名で認《したた》めるように促し、陶蓮の名を目にして眉《まゆ》をひそめた使用人たちには、口を閉ざすように命じてある。

遊圭が同行できないと知って、がっかりする明々の顔を見るのはつらかった。遊圭は職場復帰の準備を口実に、その話を早々に終わらせた。

天狗はいつの間にかするりと榻から滑り降り、姿を消していた。庭では二匹の仔天狗たちの遊び回る鳴き声が聞こえる。

昼食を終えた遊圭は、明々に見送られて外出した。

「大家、いつまでも黙っているわけにはいかないんじゃないですかね」

従僕としてついてきた下男頭の潘敏が口を出す。

「いつかはばれるだろうけど、陶蓮がこっちに顔を出さない限りは、わたしとしては触れたくない案件だ」

「さすがに、大家の前に顔をだすほど、面《つら》の皮は厚くないようですがね。過去の悪事がばれないように、若奥さまに買わせている薬種に毒でも仕込まれていたら、どうしますか」

遊圭は目をぱちくりとさせて立ち止まり、背の高い従僕を見上げた。

「いくら陶蓮でも、そんなことはしないだろう。明々もわたしも、薬種に関してはひとかどの知識がある。それに商売道具で客を害するようなことをしたら、商いそのものが潰《つぶ》れてしまう。わたしの現在の職掌における公権でも、陶蓮の店を潰すくらいのことはできる。陶蓮はわたしがどうでるのかと、怯《おび》えているのかもしれない。もしもそうならば、そのままびくびくさせておいても、いいんじゃないかなと思っているところさ」

潘敏は「はあっ」とため息をついた。

「大家はお優し過ぎますよ。訴えるところに訴え出て、薬種屋の免許も取り上げちまえばいいと俺は思いますがね」

「そういうわけにもいかない。陶蓮は玄月《げんげつ》の親戚《しんせき》で、蔡《さい》氏とも縁がある。こちらから手を打たないのは、そっちのしがらみも無視できないからさ。そうだ。玄月に相談してみるよ。事情は前に話してあるし、陶蓮の本音を探ってくれるかもしれない。できれば、明々からそっと遠ざかって、縁を切ってもらえたら、わたしは気が楽だ」

遊圭は次の交差路で行き先を変えた。どのみち、挨拶回りというのは口実で、どこかで時間を潰してから帰るつもりだったのだ。

ようやく念願叶《かな》って結ばれた、最愛の女性に嘘をついてコソコソと逃げ回らなければならないとは――と、遊圭は腹立たしい気持ちになる。

「そうやって、陶蓮の罪もなかったことにしちまうんですか」

「敏、もしもおまえが陶蓮だったら、あのとき他にどうしていた？　命がけでわたしを助けたところで、星一家と一蓮托生《いちれんたくしょう》になれとは、言えないだろう」

　潘敏は返す言葉もなく口を閉じた。家族を人質に取られて、遊圭を売ったという点では、潘敏も同罪であった。だが、潘敏の尖《とが》らせた口元は不満げだ。潘敏は何年もかけて贖罪《しょくざい》を果たしたが、陶蓮は星家が族滅されたのちもなんら変わることなく、現在にいたるまで店は繁盛し、何不自由なく暮らしている。

　遊圭は潘敏の不服顔に苦笑で応《こた》えた。

「いまにして思えば、陶蓮の立場でもなんらかのやりようがあったとは思うけど、それも繰り言だ。だからといって陶蓮を赦《ゆる》せるかというと、それも無理な気がする。別に、先送りにしたっていいだろ。わたしと陶蓮が、密《ひそ》かにもやもやを引きずっているだけで、誰が傷つくってものでもなし」

「若奥さまが傷つきますよ。何も知らずに間に挟まっていたことを長く秘密にしておきますと、それだけ根が深くなりますよ」

　遊圭は潘敏の言うことももっともだと思った。

　ぽてりぽてりと気の進まない方向へ足を進めていくうちに、やがて豪壮な門構えの邸《やしき》へとたどり着いた。宦官《かんがん》の最高位、陶名聞司礼太監《とうめいぶんしれいたいかん》の邸である。何町も占める宏大《こうだい》な邸は、そのあたりの官僚よりもはるかに富貴であることが知れる。

本来、官僚と宦官の交際は禁じられているが、陶名聞は皇帝司馬《しば》陽元《ようげん》の最側近であり、公の場にも顔を出す。それゆえに官僚が名目を携えて陶名聞を訪ねることは、さほど怪しいことではない。客や使用人、業者の出入りの激しいその邸には、陶名聞の一人息子、陶玄月《げんげつ》とその新妻蔡月香《さいげつか》も同居している。どさくさに紛れて玄月を訪れても、誰も気にかけないことであろう。かけたところで、蔡月香と李明蓉は義姉妹《ぎきょうだい》なのだから、身内が身内を訪れて何の不都合もない。

宮廷の外と内に隔てられた官僚と宦官は、慣例上は不倶戴天《ふぐたいてん》の間柄であるが、血縁や姻戚《いんせき》によって宦官と縁続きの官僚は少なくない。蔡月香の養父は現役の官僚で、近々閣僚入りを噂されている蔡進邦《しんほう》太守であった。娘婿が司礼太監の息子で、しかも父と同じ宦官であることは、いささか都合の悪い事実である。とはいうものの、先の朔露戦争を金椛国《ジンファ》の勝利で終わらせた蔡進邦を、あえて非難中傷する官僚はいまのところいない。

努力と正規の手続きによって政治に携わることなく、男を捨てて後宮に入り込み、皇族に取り入ることで、権勢と富貴を手に入れようとする宦官を蔑《さげす》むのが、官僚の習い性ではあるものの、宮城における両者の人間関係は、複雑に入り組み、絡み合っているのが現実であった。

遊圭は門で潘敏と別れ、陶玄月と蔡月香の住まいである瀟洒《しょうしゃ》な離れに案内された。春から初夏へと移り変わる庭園は、あらゆる種類の花々が咲き乱れている。いかにも植物の好きな玄月と月香の好む庭造りがされていた。

「遊々！　来てくれたのね。あら、明々は？」

軽い足音とともに軒先まで駆けつけ、玄月よりも先に迎えに出たのが、若奥様の威厳もどこ吹く風の月香であった。明々と遊圭のことは、友がらとも身内とも思ってくれているのだろう。

「明々は、陶蓮さんの薬種屋へ挨拶《あいさつ》に行きました」

遊圭が浮かない顔でそう言うと、月香の頬から笑みが消える。

「陶蓮と星家とのことは、玄月から聞いたわ。知っていれば、明々を預かってもらうよう、陶蓮に頼んだりはしなかったのだけど。人間って、わからないものね」

陶一族が弾劾されたのち、商売の後ろ盾をなくした陶蓮を支えていたのが星家であったというのに、陶蓮は星夫妻から託された幼い遊圭を見殺しにしようとしたのだ。その後、後宮で出世した陶名聞に取り入るために、遊圭が置き去りにした瑞獣《ずいじゅう》の大狗を、名聞を通して皇太子に献上した。

その流れを知らされた月香は、自分のお節介のために、遊圭と明々の間にいらぬ災いを持ち込んだと思い、戸惑っているらしい。

奥から裾《すそ》をさばく衣擦《きぬず》れの音とともに、玄月が出てきた。

「月香、表で立ち話をせず、客を奥に通しなさい」

宮中では常に薄墨色の直裾袍《ちょっきほう》で、不吉な影のように振る舞う玄月だが、自宅では白麻の長着に、透ける生地の明るい青緑色の衫《さん》を羽織っていた。早くも夏の装いであるが、袖《そで》なしの衫の裾は短く、長着は筒袖であるところを見ると、庭いじりでもしていた風情である。

あたりまえの家庭人らしい玄月を目にしても違和感しかない遊圭ではあったが、丁寧に突然の訪問を謝罪し、年長者に対する揖礼《ゆうれい》で挨拶をすませる。

月香の背後には、取り次ぎをすべき女中が手持ち無沙汰《ぶさた》に立っている。玄月は女中に茶菓を運んでくるように命じた。

「わざわざ顔を見せにきたと思えば、陶蓮のことか。まだ、話し合っていなかったのか」

「なかなか、ふんぎりがつかなくて」

「とにかく、上がれ」

遊圭は客間に落ち着き、正面に座った玄月に内心を打ち明ける。

「明々が陶蓮に恩を感じているので、陶蓮がわたしにしたことを暴くのが気の毒で」

「遊々は本当に優しいのね」

月香は同情に罪悪感を滲《にじ》ませて言った。

「ねえ、紹《しょう》。なんとかならないかしら」

月香の蜜《みつ》を含んだような哀願に、玄月は小首をかしげて新妻を見返した。

「遊圭の心の問題であるからな。他人が口を挟んでどうこうなるものでもない」

本題に入る前に核心を突かれて、遊圭は言葉もない。玄月は居住まいを正して遊圭を正面から見つめた。

「陶蓮は遠縁ではあるが、陶一族の枝葉に連なる者。そなたが陶蓮に復讐《ふくしゅう》をしたいと望むならば、当家としては看過するわけにもいかぬ」

遊圭はむしろ驚いて、両手を上げて掌《てのひら》を広げた。

「復讐なんて、考えていません。自分の店を守るために、陶蓮がそうしなくてはならなかったことは、理解しています。ただ、明々の恩人とはいえ、星家の客分として扱うことは心情的に無理です。親の代から仕えてきた家の者たちが、陶蓮に何をするかもわかりません。陶蓮がわたしにしたことを、明々に話すのもとても難しくて」

蔡月香はいたましげにうなずく。

「遊々の気持ちもわかるわ。陶蓮は明々をとてもかわいがってくれたようだし」

「陶蓮が明々を遠ざけて、なし崩しに交際が途絶えたら、誰も傷つかなくて一番楽なのではと思うのですが――」

「あの義理堅い明々がそう簡単に陶蓮を見放せるかな。明々は都に知り合いも少ない。手広い商売をしている陶蓮は、有意な人脈でもある。遊圭は陶蓮と和解するつもりはまったくないのか」

問われて改めて考えた遊圭は、左右に首を振った。

「いまさら、陶蓮にどうこう、という気持ちはありません。正直なところ、明々とのつながりであの店を目にするまで、思いだしたこともなかった。永遠に忘れたままでいたかった、というのが本音です」

玄月は膝《ひざ》の上で両手を組み、思慮深げに首をかしげた。

「強いて陶蓮と対決しろとは言わぬ。だが、明々に陶蓮との交際をやめて欲しいのならば、そなたから明々に説明する必要はあるのではないか」

玄月の忠告はまさに正論であった。潘敏の考えとも近い。年長者の意見はやはり拝聴すべきであろう。

「わかりました。明々とちゃんと話し合ってみます」

遊圭は重たい腰を持ち上げて、辞去の礼をする。

ただでさえ、小柄な印象のある遊圭の萎縮《いしゅく》した背中を見送った月香は、玄月の胸にもたれかかって懇願した。

「どうにか、ならないのかしら。遊々は明々を傷つけないように、陶蓮を遠ざけようとして、結局は最悪の土壺《どつぼ》にはまっていきそうな気がするわ」

「陶蓮も、遊圭の出方を窺《うかが》っているのであろうな。阿燁《あよう》を見せに行った折りにでも、話をしてみるか」

月香は嬉《うれ》しげに微笑んだ。親子で出かけるのは何よりも楽しい。まもなく後宮勤めに戻る夫は、皇帝の気まぐれに翻弄《ほんろう》されて、月の半分は帰宅もままならないほど忙しくなることだろう。

だがそれは、玄月の後宮における地位を確固としたものにするために必要なことだ。

月香はご機嫌な笑顔を夫に向ける。

「では、さっそく明日にでも、陶蓮のお店に行きましょう」

## 懺悔《ざんげ》

陶蓮の薬種屋は繁盛している。

他の店では売っていない異国の薬種も取りそろえることができるのは、朝貢国の献上品を下げ渡される業者の商牌《しょうばい》と、専売の輸入品を扱う興胡《こうこ》との取引許可を有しているからだ。

「元手のかかっていない瑞獣の犬狗を皇室に献上して得た特権で、陶蓮が店を大きくしたのであれば、遊圭の抱えるわだかまりには、同情の余地があるな」

馬車を降りる月香の手を取り、薬種屋の店構えを見上げた玄月は低くつぶやく。

「人間不信になりそう。紹は何も知らなかったの？」

月香は憂鬱《ゆううつ》な面持ちでささやき返す。

「父と陶蓮の実家は宗家をまたいだ分家筋で、まして陶蓮は他家に嫁いでいた。父が官僚であった当時から、陶蓮と当家とのつきあいはないに等しかったという。星家が族滅されたあと、陶蓮は星大官とのかかわりを隠して父に取り入ったそうだが、父が阿燁を一時預ける先を陶蓮の店と定めるまでは、わたしは陶蓮との面識もなかった」

「そうだったの？　陶太監——お義父《とう》さまから阿燁《よう》の養子手配について陶蓮を紹介されたときは、陶家と懇意の薬師だと思い込んでいたのに。だから、明々の身の落ち着き先も、安心して陶蓮に任せたのよ」

「陶蓮は悪意のある人物ではない。時勢を読むのに長《た》けているだけだ。こちらが有意な人脈である限り、陶蓮は我々の不利益になるようなことはすまい」

最後に馬車を降りる乳母から、元気にはしゃぐ阿燁を抱き取り、玄月は低い声で続けた。

「父のもとに持ち込んだ天狗については、異国の商人から求めたものだと陶蓮は言っていたそうだが、のちにもとの飼い主は遊圭であったことがわかった。遊圭が後宮を出た頃か、もう少し後であったか、そのあたりのことはよく思い出せない」

阿燁を抱いた玄月と月香は、連れだって陶蓮の店へと足を踏み入れた。

奥の客間に通された玄月一家は、阿燁をあやしてはその成長ぶりを楽しげに褒めそやす陶蓮と、差し障りのない談笑を続けた。やがて阿燁は疲れてむずかりだし、控えていた乳母を呼び出して涼しい部屋へと下がらせた。

「ところで陶蓮、李明蓉の嫁いだ星遊圭についてだが」

前置きなしに主題に入る玄月に、月香は息を呑《の》む。陶蓮も顔色を変えて、視線を手元の茶碗《ちゃわん》に落とした。

「遊圭から、あらかたの話は聞いている。そちらの言い分があれば、伝えておく」

正規の官僚である星遊圭を字《あざな》で呼び捨てることで、月香の義姉妹である明々の配偶者という姻戚《いんせき》以上に、夫同士もまた近い交際関係にあることを仄《ほの》めかす。

陶蓮は卓の上に置いた両手をぎゅっと握り締め、唇を一文字に引いた。すでに四十路《よそじ》を過ぎているであろう陶蓮の、高く結い上げた髪には白い筋が幾条も走っている。垂れ下がったまぶた、目尻《めじり》と頰に刻まれた皺《しわ》は、陶蓮を実年齢以上に老けて見せていた。

「何もかも、ご存じなのですね」

真っ向から玄月と月香を見つめ返さないのは、罪悪感を抱えているからであろう。自らの非を否定するつもりはないらしい。乾いた唇を舐《な》め、かすれた声で告白を始める。

「星二坊ちゃんを都から逃がす手配はついていたのですよ。先の星大官は、皇后が決まってからでいいとおっしゃっていましたが、先帝のご容態がどうであろうと、すぐにでも都から出した方がいいと私は考えて、段取りをつけていました。ですが、先帝のご崩御があまりにも急だったのです。都の大門はすべて、たちまちのうちに閉ざされ、行方をくらました星家の次男を捜して、星一族とかかわりのある商家や官家は、隅々まで捜索されました。星二坊ちゃんを救うために、私にできることなど、何ひとつありませんでしたよ。私も断罪されて、夫を亡くしてから女手ひとつできりまわしてきたこの店が潰《つぶ》れてしまったら、店の者たちまで路頭に迷ってしまう。主計に薬師、店番の小僧、奥の女中たちの半数は、飢饉《ききん》のたびに拾い上げて育ててきた孤児なんですよ。だから、店が潰れたら帰す家もない。恩人の息子だけど長生きしそうにない子どもと、自分の店と家族、陶の若さまなら、どちらを選びますか」

玄月はその問いには答えず、黙って陶蓮を眺めているので、月香も口を挟まず静かに呼吸を繰り返す。やがて沈黙に耐えきれなくなった陶蓮は、眉《まゆ》を怒らせて声を上げた。

「星の若さまが、私を目障りだっていうのなら、店を畳んで都から出ていけ、っていうのなら、そうしますよ！　店の者たちの身の振り先とか、財産の処分とかもあるので、時間をもらえると助かりますがね！」

明々の結婚相手が星遊圭と知ってから、そしてかつて見捨てた子どもの現在の地位を知ってから、覚悟はしていたのだろう。陶蓮は叫ぶように吐き出すと、ふいにすっきりとした表情になった。額の皺も目立たなくなる。

玄月はおもむろに口を開いた。

「遊圭は、仕返しは考えていないそうだ。陶蓮に望むことは、明々から遠ざかり、星家にかかわって欲しくない。もしも遊圭が陶蓮を赦《ゆる》したとしても、家の者たちが赦さないであろうから、とも言っていた」

「赦されるなんて、思っちゃいませんよ」

陶蓮はぷいと横を向いて歯を食いしばり、袖《そで》で目尻を押さえた。

帰りの馬車の中で、月香は我が子をあやしながら、ときどき洟《はな》をすすっては、陶蓮がしていたように目尻を押さえる。

「どっちの肩を持ったらいいのかしらね」

「どちらの肩も持つ必要はない。陶蓮には守るものがあった。恩義を貫くよりも、そちらの方が重要だった。それだけのことだ」

月香の問いに、玄月は淡々と答えた。

「紹は？　必要ならば、遊々と明々を切り捨てることができるの？」

玄月は月香をじっと見つめた。その頬に手を伸ばして触れ、静かに答える。

「私には、何を犠牲にしてでも、守るべきものができてしまったからな」

そう言って、月香の肩を引き寄せ、阿燁を自分の膝に乗せた。


玄月から届いた書簡を、二度繰り返して読み終えた遊圭は、火鉢にくべて燃やした。

陶蓮に選択の余地がなかったことも、自分の存在がそれほど重要でなかったことも、わかりきったことではあった。それでも、庇護《ひご》を求めて受け入れてくれたと信じた相手に、裏切られた傷は癒《い》えるものではない。

くるくると炎が紙を舐め尽くしたあとは、黒い燃えかすと白い灰だけが残る。

人間の記憶も、こんな風に原形を残さずに消し去ることができれば、どんなにいいだろう。

絶望を抱えて、悪臭のする暗渠《あんきょ》を膝まで冷たい汚水に浸《つ》かって逃げ回った記憶は、壁に彫り込まれた物語のように、克明に脳裏に刻まれている。あのときの、靴にしみ込んでつま先の感覚を麻痺《まひ》させた水の冷たさも、鼻腔《びこう》に染みついた排水の臭いも、手をついた壁のぬるぬるした感触も、まるで昨日のことのように、あるいはいまも自分を取り巻いているかのように蘇《よみがえ》る。

遊圭はふっと息を吐いて、開け放された窓の向こうへと目をやった。暑さが日増しに耐え難くなってくる。まもなく端午の節句だ。粽《ちまき》の贈答先に陶蓮の名がなければ、明々は不審に思うだろう。真実を伝えなくてはと遊圭は決意を固める。

その前に、遊圭はしておかねばならないことがあった。

休暇のあと職場に戻った最初の休日に、遊圭は正装して愛馬の金沙《きんさ》に鞍《くら》を置き、ひとりで外出した。明々も連れて行くべきなのだが、まずはひとりでやり遂げたかったのだ。宮城を囲む皇城の北門を出て、四方八方へと広がる街区を北へ北へと向かう。帝都の北の大門を出て、北東へ延びる街道へ金沙を進めた。十数里もゆけば、こんもりとした山が見えてくる。

先帝の陵《みささぎ》だ。

星一族が殉死させられ、葬られた墓室へと馬首を向ける。

族滅から十年も経つのに、遊圭が両親と親族の墓へ参るのはこれが二度めであった。

一度めは、五、六年前に族滅法が廃され、星家の再興が許されたときに、報告のために墓参した。

この小山の下に両親と兄妹《きょうだい》、そして六十人を超える親族が埋められているのかと、そのとき十五であった遊圭は、墓石の前に両手と両膝《りょうひざ》をついて、ただただ号泣するばかりだった。

その後、国士《こくし》太学《たいがく》に合格したときや、長い旅を終えて帰京したときなど、墓参して報告すべき機会はあったのだが、どうしてもこちらへ足が向かなかった。踏みしめた墳墓の下に眠る家族と一族の姿は、実際に目にしたわけでもないのに、いつまでも生々しく遊圭のまぶたに映し出される。

そうした光景に、とてもではないが、何度も向き合う勇気を絞り出せるものではなかった。

一族の墓参すら、当時の哀しみと怒りが褪《あ》せることなく蘇り、どうにもならないほどの痛みが胸を苛《さいな》むのだ。一連の苦痛に満ちた記憶の引き金となるであろう、陶蓮との対面を避け続けることを、単なる臆病《おくびょう》や不寛容であると片付けられない。

遊圭はそう自分に言い聞かせた。

金沙の手綱を取りに進み出る陵墓の墓守に、金子《きんす》を握らせて墓山を登る。整備された石畳と門を構えた先帝の墓室へ続く道と異なり、遊圭の踏み入れた小径《こみち》は夏草が茂り始めていた。

定期的に供養の金銭や供え物は送らせているのに、この荒れようはどうしたものかと、遊圭は苛立《いらだ》ちを覚える。墓守に草を刈るように言っておかなければならない。

いや、それも自分の臆病さが招いたことかもしれない。子孫の参らぬ墓は、たちまち廃《すた》れてしまうのだ。

それでも、人間の踏み分けた跡をたどっていけば、扉の半分以上が地面の下に埋まった墓室の前に出た。小径の荒れ方とは対照的に、墓室の前に立てられた墓石はきれいに磨かれ、雑草は抜かれ、萎《しお》れてはいるが花が供えられている。

墓守はちゃんと自分の仕事をしていたらしい。帰りにはさらに金子をはずんでやらねばと思い直し、小径の除草に手が回らないのなら、ひとをやって手伝わせようとも考えた。

持ってきた線香を立てて火を点《つ》け、祈りを捧《ささ》げる。

さすがにこの日は、手を合わせる間もなく堪《こら》えきれずに号泣することはなかった。だが、ひとりで来たことは正解であった。たとえ明々であっても、分かち合えるよう明々であっても、分かち合えるような記憶や痛みではなかったからだ。体の奥深いところに刻まれた旧《ふる》い傷は、いつまでもそこにあって、思い出すたびに激しく痛みだす。これはもう、どうしようもないのだ。ひとりで抱えていくほか、どうにもならない重荷なのだ。

遊圭は墓石に刻まれた一族の名をひとりひとり指で辿《たど》り、冥福《めいふく》を祈り終えて立ち上がった。

長い線香が短くなり、やがて灰となって香炉に積もる。

「お父さま、お母さま。お兄さま、お姉さま、夏夫人と妹たち、生まれてこなかった弟妹、一族のみなさま。次は明々を連れてこれるように、わたしが強くなれるように──」

ああだめだ、と遊圭は思った。また涙があふれてくる。ちっとも強くなれない。

袖で涙を拭《ぬぐ》った遊圭は、立ち去る前に周囲の草を抜くことにした。墓室と墓石の間の草を抜くうちに、不自然な土の盛り上がりを見つけた。

土は柔らかく、草の根は浅い。何度も掘り返した跡がある。遊圭は木の枝を拾ってきて土を掘り返した。掌《てのひら》におさまるくらいの壺《つぼ》が出てくる。封はされているが、それほど古くはない。封を切って壺を逆さにし、中身を地面に広げる。

枯れ草の束であった。束ごとに種類の違う草や木の枝だ。畳まれた蠟引《ろうび》きの包みを開くと、白い砂利のようなものも出てきた。

「これは、石灰か。すると」

遊圭は草の束をひとつひとつ摘《つ》まみ上げて検分した。

「麻黄《まおう》と、甘草《かんぞう》、それから──麻杏甘石湯《まきようかんせきとう》の材料だ。どうしてこんなものが」

遊圭は薬草を壺に戻し、封をして小脇に抱えた。陵墓の門へ戻り、壺について墓守に問い合わせた。墓守は首をひねりながら記憶を引っ張り出す。

「誰かが毎年、そんな大きさの壺を持ってお参りされてましたね。行きも帰りも持っていたから、お供え物が入っていると思っていました。そういえば、帰りは袖が汚れていたなぁ。お参りするたびに、掘り出しては取り替えて埋めていたんですかね。でもここ何年かは、壺を持ってくるひとは見ていません」

星家の墓に、何年も参っていた人物がいたことに遊圭は驚いた。

「その誰かって、誰ですか」

「名前は聞きませんでしたが、中年のご婦人でしたな。どっかの奥さまみたいな感じの。でもときどきは下男風の少年だったり、若い女中さんだったり、年寄りだったりすることもありました。星家に縁のある方だと思っていました」

遊圭は狐に抓《つま》まれた気分で、陵墓を去った。ゆっくりと蹄《ひづめ》を運ぶ金沙の鞍の上で、土にまみれた壺を眺める。

麻杏甘石湯は喘《ぜん》息《そく》の薬だ。供え物としては不自然だが、殉死した星家の者に喘息持ちがいることを知っていれば、泉下で咳《せき》に苦しまぬよう供える者はいただろう。星家で喘息を患っていたのは、遊圭の知る限り自分だけだ。そして遊圭が喘息持ちであることを知っているのは、家族と身近な使用人。

胡娘《こじょう》は遊圭が生きていることを知っていたし、潘敏は主人の遊圭を錦衣《きんい》兵に売った罪で流罪となった。

邸《やしき》に戻った遊圭は、家政の趙婆《ちょうば》に壺について訊《たず》ねた。

「うちの使用人で、ずっと陵墓に参っていた者がいるかな」

趙婆は首をひねる。

「そりゃ、星大官はいろんな方に慕われていましたから、ご一族が殉死させられてからは、陵墓に参る者は大勢いましたよ。私もできる限りお参りさせていただきました。新しい家に勤めだしてからは、なかなか行けませんでしたが。でも、星二坊ちゃま、いえ、大家のために喘息の薬を供えていた者がいたかどうかは、ちょっと——」

「それとなく、みなに聞いてみてくれ。知ってしまったら、知らぬふりもできない。ここ数年は供えられていないようだから、族滅法が廃止されてから、わたしが生きて家督を継いだことを知った人物だ。きっと身近にいるはずだ。礼がしたい」

「かしこまりました、大家」

星家との付き合いを偲《しの》び、墓参を続けていた使用人と、一族の友人や知人の数が少なくなかったことを知って、遊圭は驚きと感謝の気持ちで胸が熱くなる。

遊圭は夕食時にその話を明々にした。

「ひとりで行ったの」

明々は少し拗《す》ねたような、がっかりした口調で箸《はし》を置く。

「まだ、いろいろと気持ちに整理がついてないから、ひとりになりたかったんだ」

遊圭は言い訳めいた口調で宥《なだ》める。

「明々には隠しごとはしたくないし、自分のことは全部話しておきたい。だけど、言葉にできないこと、どうしても口に出せないことはあるんだ。いつか、ちゃんと話せたらいいと思う。そのときは、明々についてきて欲しい」

「うん。心のなかで整理のつかないことは、いろいろあるよね」

明々はうなずき、夏瓜《なつうり》の酢漬けを取った。

「明々、このごろ酢漬けばかり食べているけど、これから暑くなるから肉や魚も食べないと体がもたないよ」

「なんかね。食欲があまりなくて。都は空気が乾いているせいかな」

恥ずかしそうに、扉の開け放された庭へと目を逸《そ》らす。

「乾燥しているかな。田舎ほど風通しが良くないし、濠《ほり》や運河のせいで、むしろ蒸し蒸ししているんじゃないかな」

遊圭は顎《あご》を上げて空気を嗅《か》いだ。ここのところ気温が上がったのは確かだ。もう婚礼を挙げてから三ヶ月が過ぎていた。そういえば先月から――

遊圭ははっとして明々に視線を戻した。

「明々、もしかして？」

狼狽《ろうばい》と喜びの瞳《ひとみ》で見つめられた明々は、宝物を隠し損ねた子どものようにあたふたと手を振った。

「え、まだわからないよ。まだ七日しか遅れてないから」

焦って言い返せば、遊圭の顔に笑みが広がる。

「明々、わたしはその辺の男とは違うよ。ごまかさなくていい。とはいえ、暑いのと都暮らしに疲れている可能性もある。どちらにしても、後宮に使いを出して、シーリーンに診てもらおう。それから、食欲がなくても精のつく料理を作らせるよう、趙婆に言っておかないとね。もちろん、趙婆にはいたずらに騒いだり、言いふらしたりしないよう、言い含めておくよ」

喘息薬の入った壺のことも、墓参を欠かさぬ誰かのことも、頭から吹き飛んでしまった遊圭であった。

知らせを受けたシーリーンは、間《ま》をおかずに駆けつけ、明々の脈を診た。

「診断を出すには、まだちょっと早すぎるな」

暦を数えるシーリーンに、明々が恥ずかしげに応じた。

「ですよね。私も遊々にそう言ったんですけど」

遊圭はばつの悪さを隠すように苦笑した。

「わたしも明々の脈は診たけど、特別な音は何も聞こえなかった。まだ早いのはわかっているんだけど、シーリーンならもっといろいろわかるんじゃないかと思って」

シーリーンはにこにこしながら遊圭の肩をポンポンと叩《たた》く。

「まあ、待てないのはわかる。私もずっと楽しみにしていたからな。この季節は健康な人間でも体調を崩しやすい。もしも妊娠していたら、なおさらだ、体を冷やさぬようにしながら、体に熱が籠《こ》もらないようにしなくてはならない。玲玉《れいぎょく》の大后《おおきさき》さまには長い休みをいただいてきたから、懐妊がはっきりと確認できるまで、この邸に居座るぞ」

母代のシーリーンから明々へと、遊圭は顔いっぱいの笑みを向けた。

シーリーンはそれから二ヶ月ほど星邸に滞在した。朔露戦役の無理がたたり、体調を崩しやすくなっていた遊圭の体を案じていたこともあって、星邸で日々を過ごすことが嬉《うれ》しいようすだ。

　朝夕に明々と遊圭の脈を診て、薬食の献立に口を出すほかは、家政に干渉せずに天狗親子と戯れていたが、やがて退屈してきたらしい。そのうち明々が薬草園を作ろうと整地させていた庭の草抜きを始める。

　趙婆から話を聞いた明々が見に行くと、庭師が居心地悪そうに草取りにつき合っていた。

「シーリーンさん。この暑いのに、そんなことしなくてもいいんですよ」

「この暑さだから、放っておくとどんどん草が生えて、手に負えなくなるぞ。屋内にいても、退屈で昼寝してしまいそうだから、少しでも動いた方が性に合う。明々はここには何を植えるつもりだ？」

　シーリーンは元気いっぱいだ。

　明々は、整地を始めたときはすでに春は終わりかけていたので、秋蒔《あきま》きの草花や苗を植えるつもりであったことを話した。少しずつやろうと思っていたのだが、そのころから疲れやすくなり、食も進まなくなった。そのため、遊圭に無理をするなと念を押され、庭師任せになっていた。

「遊々が必要としている薬草で、ここで育てられるものがあればと思っていますが、果樹も植えたいんです。季節ごとに果実が実るのが、楽しみになりますよね。実家には梅林があって、毎年収穫のときは忙しくしていました」

「梅はいいな。杏《あんず》もよいし、桜桃も楽しみだ。栗も案外と育つのは早いぞ。あと、枇杷《びわ》は必須《ひっす》だ。いまから植えれば、果実は数年先でも、赤子が生まれるころには沐浴《もくよく》用の葉が穫《と》れるくらいには成長するだろう」

草抜きの手を休めたシーリーンは、明々を木陰に誘った。

「ところで明々。そろそろ、田舎の母御を呼び寄せる手はずをつけてもよい頃合いだぞ」

「あ、もうわかるんですか」

ここ数日、シーリーンの脈診の時間が少しずつ長くなっていた。明々のものでない鼓動を聴き取ろうとシーリーンが集中するのを、明々も感じ取っていた。

「うむ、今朝ははっきりと胎児の心音を感じた。もう間違いないだろう。明々が疲れやすいのは、暑さのせいだけではない。遊圭が帰ってきたら、教えてやろう」

「良かった」

ほっとした顔で、明々は両手を胸の前で握り締めた。

明々はもちろん、自分の体のことであったから、妊娠していることは確信していた。とはいえ、妊娠に似た病の知識も豊富にあったので、不安がなかったといえば嘘になる。シーリーンに太鼓判を捺《お》されたことは素直に嬉しい。

昼過ぎに帰宅した遊圭は、暑さに加えてよほどの激務に耐えてきたのか、顔色がひどく悪い。明々の作った薬湯を飲んでしばらくしてからでないと、食事もできないありさまだった。

「どちらが妊婦かわからんな」

シーリーンに笑われて、遊圭は目を丸くして明々と母代の顔を見比べる。にこにことうなずく明々に、遊圭は両手を挙げて近づき、雲を抱くように愛妻の肩に両手を回した。

「ありがとう明々。ありがとう」

遊圭は涙をにじませて礼を繰り返す。

「なんで。こっちこそ、ありがとう、だよ」

明々も涙声で言葉を返す。

「遊圭。まだ、感激するのは早い。大変なのはこれからだぞ」

シーリーンに釘《くぎ》を刺されながらも、遊圭は明々を抱きしめた腕を離さず、じっくりと幸福を嚙《か》みしめた。

## 政務

明々の母親が上京し、入れ替わりにシーリーンは宮城の皇后宮へと帰った。

「シーリーンさん、ずっといてくれても良かったのに」

夕食の席で、明々は残念そうに遊圭に打ち明けた。

金椛国では、男女ともに十五、六で結婚するのが普通で、二十歳までには子どもがひとりふたりは生まれている。明々の弟の李清《せい》など、遊圭よりも年下なのに、この春にはふたり目が生まれたという。年の離れた姉がこれから初産ということで、実家の方でも盛り上がっているらしい。

「明々は体調も良さそうだし、そろそろ流産の心配もないだろうってシーリーンは言っていた。お義母《かあ》さんが来てくれたのだから、母子《おやこ》水入らずで過ごしたらいい」

昨日までシーリーンが座っていた席で、なんとなく肩身が狭そうに食事をしている明々の母親に微笑みかける。

「李のお義母さんも、ゆっくりくつろいでください」

明々の母親は硬い笑みを口元に作って、深く頭を下げた。

地方農家の主婦である明々の母親は、使用人が大勢いる星家の広大な屋敷に気後《きおく》れがしているようで、娘婿の遊圭に話しかけるのも遠慮しているところがある。

明々の実家は農地を所有する自作農であり、家もそれなりに広い。いまでこそ小作人も雇い、台所周りの下女もいるが、遊圭と明々が出逢《であ》った十年前は不作続きで税が払えず、働き手の父親は労役にかり出されてしまい、農地を手放して一家離散の瀬戸際であった。

明々が新皇帝の後宮に宮官《きゅうかん》として出仕することになり、その仕送りで生活を立て直した李一家は、長男の阿清《あせい》が一人前に働ける年頃になるころには農地を広げた。同じ頃、後宮で学んだ薬医学を元に、村に薬種屋を開いた明々の稼ぎもあって、李家の暮らしはもはや貧しさとは無縁となっている。

暮らし向きがよくなったからといって、明々もその母も、忙しく家事を切り盛りすることは昔と変わらない。明々が薬草園を作ろうと思い立ったのは、薬草や薬食の材料を栽培する必要があっただけではなく、家事は使用人が、家政は趙婆が仕切っているために、暇を持て余していたからでもあった。

出産を控えた娘のために上京してきた明々の母親もまた、娘と茶を飲むほかにすることのない都暮らしに戸惑っているようである。

「明々も、体調がよければ、お義母さんに都の名所を見せてあげるといいよ」

子を身籠《みご》もったことが明らかになってからも、明々はさほど悪阻《つわり》に悩まされず、順調に安定期に入ろうとしている。だが、明々がもう少し長くシーリーンにいて欲しかった理由は、自分の健康のためでも胎児のためでもなかった。

「遊々は仕事が忙しくて、体調を崩しやすくなっているでしょう？　私がまだ動けるうちはいいけど、お腹が大きくなって、気配りが足りなかったらと思うと心配で」

遊圭は自分の頬を撫《な》でて苦笑する。

「わたしは、そんなに頼りなく見えるのかな。暑さで食欲がないのは否定しないけど」

「ただでさえ食が細いのに、最近は私より食べる量が少ないから、趙婆も気にしているの。お勤め先でも、ちゃんとご飯食べてる？」

「なかなか食べる時間もないけどね。やっぱり痩《や》せたかな」

遊圭は両手で腹を撫でたり、頬を擦《さす》ったりして自分の肉付きを確かめる。

「もともと、脂の多い肉や揚げ物は苦手だから、太るはずもない。夏瘦《や》せの予防なら、以前みたいに豆漿《とうしょう》に蜂蜜《はちみつ》を溶かして飲んでもいい。そうだな、胡桃《くるみ》や炒《い》り豆とか、干し杏なら手を汚さないから、仕事しながらでも食べられる。趙婆に用意してもらってくれるかな」

「そうする」

明々の表情が明るくなったので、遊圭も安心する。

「阿清がお母さんに、うちの果樹園で実った枇杷や無花果《いちじく》の夏果をたくさん持たせてくれたの。夜の間に冷やしておくから、持って行って休憩時間に食べるといいよ」

「そうさせてもらうよ」

ひと碗《わん》の白粥を食べ終えた遊圭は、いつもなら匙《さじ》を置くところであったが、思い直して卵焼きをもう一切れとって口に放り込んだ。妊婦にもっと食べるように諭される夫も、なかなかいないものだと、シーリーンなら笑い声をあげたことだろう。

宮城へ出仕すれば、目の回る忙しさだ。殿中侍御史は中央でも出世の王道ではあるが、それだけに激務の連続だ。それでも、家に帰れば明々が待っていて、やがて子どもも生まれてくると思うと、遊圭はそれだけで幸福な気持ちになる。

だから、明々に言われなくても、自分自身の体調には常に気をつけていた。

朔露戦で酷使された体はとても疲れやすく、少年時代の虚弱な体質に戻ってしまったのではと思えるほどだ。

侍御史がさばかねばならない上奏文は、帝国じゅうの役所から無限に湧いてくる。一日に処理できる案件は数が限られているし、優先度の低い案件がうずたかく積み上がっていくのは避けられないことだ。皇帝の裁可を必要とする案件だけを残し、注釈を入れ、残りは現場の判断に委《ゆだ》ねるようにと差し戻していく。

こうした作業は果てしなく続くので、適当にこなす技を身につけなければ、健康な人間でも体を壊す。特に戦功によって若くして破格の出世を遂げた遊圭は、皇帝の義理の甥《おい》ということもあり、上司や同僚の嫉視《しっし》を買いやすい。実務能力に多少の自負はあるが、目立たず、出しゃばらず、仕事も無理はせず、与えられた職務だけをこなしてさっさと帰宅する。

新婚なのだから、退庁の鐘が鳴ったときは、すでに姿が見えないくらいでちょうどいいと遊圭は思っていた。いまですら早すぎる出世なのだ。あとはゆるゆると官位を上げていけばいい。星家は再興されたのだし、年があらたまるころには星姓の家族が増える。

遊圭は、この忙しいながら平安な日々が続くことだけを、ひたすら願っている。

そんなある日。

そろそろ退庁の時刻と、遊圭が処理済みの上奏文と未処理のものを整理していたところへ、英臨閣《えいりんかく》へ参上するようにとの皇帝陽元の使いが来た。英臨閣は主に学問の講義が行われる講堂で、外廷における皇帝の学問所でもある。

皇帝の命令ならば、行かないわけにはいかない。しかも、私的な面会に使われる、後宮に近い北斗院《ほくと》ではなく、宦官《かんがん》に案内させての皇后宮でもない。外廷の公式施設に呼び出されるのだから、重要な案件なのだろう。

　おそらく、いまだに燻《くすぶ》っている西方の国境問題、朔露国との紛争であろう。

　英臨閣には、このたび地方太守の任期を終えて帰京した遊圭の元上司、かつ蔡月香の叔父《おじ》であり養父でもある蔡進邦が、すでに着席していた。

　遊圭が恭しく最上級の揖礼《ゆうれい》で挨拶《あいさつ》をすれば、上級官僚の証《あかし》である緋衣《ひい》金帯をまとった蔡進邦は、楽にするようにと席を勧める。

「遊圭。新しい職場には慣れたか」

「実務は苦になりませんが、まだ朔露戦で負った傷病が癒《い》えずにいるようで、この暑さが応《こた》えます」

　遊圭は蔡進邦との長いつきあいと、姻戚《いんせき》関係に落ち着いた気楽さから、正直に現状を伝える。朔露軍の進軍方向を金椛側に有利にするための作戦で、敵に捕らわれ、瀕死《ひんし》の状態で生還した遊圭を目の当たりにした蔡進邦は、当時を思い出して顔をしかめ、いたましげにうなずいた。

「あのときは私も心底、肝を冷やした。とにかく生きていてなによりだ。あまり無理をせず、養生しながら勤務するといい。君の人生は始まったばかりだ。まだ先は長い」

「ええ。そういえば、ご報告が遅れていましたが、明々が懐妊しました。出産は年明けとのことです」

「おお、それはめでたい」

蔡進邦は、自分に孫ができたかのように喜び、祝いの品を思案する。

良民階級の明々と、すでに官籍を得ていた遊圭の結婚を実現するために、蔡進邦は明々を養女に迎え、蔡家の官籍に入れてくれた。この恩は一生かけて返すものであると、遊圭は考えている。

蔡進邦には二男一女がいたが、長男と娘は早世し、次男は伯父《おじ》の蔡大人《たいじん》が営む商売の方に興味を持ち、官僚の道は選ばなかった。蔡進邦は兄の娘の月香を、自分の息子と交換するような形で養女にしていたのだが、その月香は宦官に嫁いでしまった。切れ者で堅実さが定評の蔡進邦は、官僚としての実績と栄華は申し分なく恵まれていたが、跡継ぎには恵まれていなかった。

蔡大人にはほかにも息子がいるので、いずれは蔡進邦の次男が戻ってきて家督を継ぐであろうが、我が子が官僚にならなかったという当事者の失望は、余人には測り知れない。血縁ではないにしろ、遊圭が身内という立場で中央官界に勤めていることは、蔡進邦にとっては喜ばしいことであった。

そして遊圭にとっても、蔡進邦との姻戚関係は願ってもない良縁であった。思いもかけず蔡進邦と義理の舅《しゅうと》と女婿となったことは、一族が滅されたために官界に頼りになる親族や人脈のいない遊圭には、とても幸運なことであったといえる。

朔露国の侵攻を辺境で食い止めるために、ともに戦ったことも、この年の離れた知己の信頼関係をいっそう深くしていた。

「このたびの招喚は、朔露と楼門関《ろうもんかん》の現況についてのお話でしょうか」

「それが主題のひとつであることは、疑いはない」

遊圭が問えば、蔡進邦は形よく整えられた口ひげの端を上げて鷹揚《おうよう》に言葉を返す。

勤務先の業務が、国内のそれも中央行政にかかわる遊圭は、最近の辺境事情や対外の政策に関しては、政府の広報に載った情報しか手にすることができない。

朔露軍を西へと追い返し、戦争をこちらの有利に終息させたものの、朔露を滅ぼしたわけではなく、大可汗《だいかがん》ユルクルカタンは健在である。いつまた力を蓄え盛り返し、国境を越えて攻めてくるかわからない。

自身が深く関わった朔露戦の行く末は常に気にかかる遊圭ではあったが、現在の職務が忙しく、そして体調ははかばかしくない。もしも異変があれば、いまも楼門関を守備するルーシャン将軍が知らせてくるであろうし、それが機密であろうと陽元や玄月が遊圭に秘密にしておくことはないはずだ。

だから、このたびの呼び出しが、朔露の侵攻に関することであろうと、遊圭が予測したのは自然なことだ。

やがて、先触れとともに皇帝陽元が側近を引き連れて英臨閣へ入ってきた。

すっかり皇帝の威厳が板についてきた陽元の表情は、いたって上機嫌で、凶報を携えているわけではなさそうだ。蔡進邦と星遊圭は床に拝跪《はいき》して叩頭《こうとう》し、陽元を迎えた。

陽元は二人に立ち上がるよう命じた。

「ルーシャン将軍から、定期連絡が来た。朔露の大可汗は、夏沙《かしゃ》の旧王都に拠点を移して国力の回復を図っているそうだ。兄を陥れて王位についた現在の夏沙王は、朔露の一都市の都令にも劣る地位にしがみつくことになったわけだな」

鍾愛《しょうあい》していた異母妹の嫁ぎ先が滅亡し、王都の陥落で行方知れずとなった原因である現夏沙王への辛辣《しんらつ》な皮肉に、遊圭は頰を緊張させる。

「朔露はまた侵攻してくるつもりでしょうか」

側近を壁際まで下がらせ、遊圭と蔡進邦を招き寄せた陽元は、得意げに語り始める。

「ルーシャン将軍の見通しでは、この一、二年は再侵攻の心配はなさそうだ。朔露が撤退したおりに、朔露から離反した被征服民族の貴族や兵士が、ルーシャンの配下に入り、朔露語や夏沙語に堪能《たんのう》な者を間諜《かんちょう》として訓練し、西へ放って状況を探らせている。ただ探らせるだけでなく、大可汗の息子たちを離反、対立させる工作も図っているというのだから、うまくいけば朔露大可汗国は、ユルクルカタンの代で潰《つい》えてくれるであろう」

遊圭は安堵《あんど》に胸をなで下ろした。

朔露が撤退したのちに、紛争地に居残って金椛軍に投降してきた異民族の傭兵《ようへい》は、かなりの数に上った。なかにはルーシャンの故郷、康《こう》宇国の人間も多い。遊圭は、玄月が大可汗の宮廷から連れ帰った康宇人の書記官、パヤム青年の怜悧《れいり》な顔を思い浮かべる。

ユルクルカタンに服従し、朔露国の心臓部に仕えながらも、その軛《くびき》から逃れるために朔露王族の離間を謀っていたパヤム書記官が、ルーシャンのもとで活躍しているという話を、遊圭は玄月から聞いていた。

　ルーシャンたちのような西方の民は、移住先の国でも独自の機構を持ち、互いに連絡し合い、居住国ではなく自らの移民社会の利益を最優先して活動する。もちろん、故国を侵略され降伏を余儀なくされて朔露の書記官となったパヤムであれば、朔露に面従腹背して仕えていたであろうことは想像するに容易《たやす》い。その一方で、ルーシャンは自ら選んだ放浪の末に金椛の軍人となることを決めたのだから、パヤムとは立場が違う。

　しかし、国家の宮廷に入り込んだ異国人として、その中枢にあって情報と外交を操ることができるという意味では、ルーシャンもまた同様なのだ。

　ルーシャンとその一党は、いつまで金椛国の味方でいてくれるだろうか。

　じわじわと胸底に滲《にじ》み出てくる疑念に、遊圭の背筋がぶるりと震える。

　不安が顔に出たのだろう、陽元は遊圭の顔をのぞき込むように首を傾けた。被《かぶ》っていたのが儀礼用の冠であったら、玉簾《たますだれ》がじゃらじゃらと音を立てていたであろう。

「もちろん、油断はしておらぬぞ。楼門関周辺だけではなく、北天江《ほくてんこう》に沿って屯田を展開し、いつでも国境へ兵を送り出せるよう、軍都を数珠玉《じゅずだま》のように開拓させている。そなたが掘削させた水路が、いまは灌漑《かんがい》路としても、輸送運河としても、とても役に立っているそうだ。朔露の脅威を身をもって体験したそなたの不安はわかるが、そう悲観的になるものではない」

　陽元は遊圭が発案した、川の流れを変えることで朔露軍を陥れた作戦の成功を、自分のことのように自慢する。

　返答に困る遊圭に、蔡進邦が助け船を出す。

「陛下。畏れながら申し上げまするに、星殿中侍御史は不安がっているのではありません。先の戦で弱った体が、まだ回復しきっていないのです。侍御史の仕事は、なかなかの激務でありますから」

　陽元は逆三角にそろえられた顎《あご》ひげを撫《な》でて、「ふうむ」と唸《うな》った。

「そんなに忙しければ、定員を増やすことはできぬのか。戦争が一段落して、手の空いている者も少なくなかろう。寄禄《きろく》官なども職位が空くまで遊ばせておかずに、臨時職でも作って働かせればよい。俸給を払っているのだからな」

　河西《かせい》郡太守の任期を終えて、現在は職務はなくとも官位に応じた俸給は支払われる、悠々自適の寄禄官を満喫中の蔡進邦は、即座に『御意』とも答えかねて、微妙な間ののちに「ご賢察でございます」と応じた。

「ですが、陛下」

　荘重な声と面持ちで、蔡進邦は付け加える。

「先の戦争においては、朔露を西方へ追い返しただけで、我が国の領土が拡張されたわけでも、朔露国の財貨や資源を獲得したわけでもございません。失われたものは多く、回収できたものはほとんどありません。破壊された楼門関の再建と、荒廃した周辺の城や村の復興は、みな郡庫と国庫からの持ち出しです。職位を増やせば、俸給も上げなくてはならず、帝都の人員増員にかける費用は、慎重に導き出さねばなりますまい」

「そのことよ」

陽元は額に皺《しわ》を寄せて、目をきゅっとつぶった。無意識の手癖で、帯に挟んであった笏《しゃく》を取り上げ、ぺしぺしと反対の手のひらを叩《たた》く。

「さいわい、建国以来は大きな戦争がなかったことと、何年も長引くような災害がなかったこともあり、国庫にはまだ余裕がある。それもあって、いま朔露の勢いが落ちているうちに軍を起こして征西し、朔露を滅ぼして天鳳行路《てんぽうこうろ》を取り戻せという意見が、朝議では強勢となっている」

「ええっ」

遊圭は思わず驚きの声を上げた。やっと戦争が落ち着いて、平穏な日々が送れるようになったばかりなのに。蔡進邦もまた同感であったらしく、渋い表情でかぶりを振った。

「勢いに乗った勇猛果敢な朔露を迎え打つのは散々しぶっておきながら、いざ敵が背を見せたとわかると、大胆なことを言い出す者が少なくないようですね。大方、発言者も賛同者も、自らは征西の軍に参陣して、前線に立つつもりはないのではと推測いたしますが」

陽元はうなずいた。

「蔡大官の言はもっともである。だが、蔡大官が言ったように、受けた痛手は我々の方が大きく、失ったものは多すぎる。敗北こそしなかったが、勝利したとも言い難いのは事実だ」

蔡進邦は無言で視線を下げた。陽元は先を続ける。

「このたびの敵の撤退を見て、常勝の戦神ユルクルカタン大可汗と朔露軍の評判は、過大評価ではないかと考える者も増えている」

遊圭には、蔡進邦の短い顎ひげがかすかに震えたように見えた。皇帝の前で失笑するなど、投獄ものの不敬であるから、噴き出したいのを必死で堪《こら》えているのだろう。遊圭は以前ほど無謀ではないが、陽元に対してもう少し率直にものが言える立場を最大限に利用する。

「まさか、陛下はそのような意見をお認めになるのですか」

陽元は険しい顔を遊圭に向ける。

「ユルクルカタンが大陸の北と西を征服し、さらに大陸中央の国々の半数を呑《の》み込んだ、稀代《きたい》の英雄であることは疑いがない。だが、覇業の途上で齢《よわい》五十を超えたユルクルカタンの下では、配下の小競り合いが表面化している。老境に近づいたユルクルカタンの鬼才が鈍りだしたのか、膨張しすぎた朔露の結束に緩みが生じているのか――いずれにしても、朔露国内のみならず、宮廷内の情報も手に入るようになった現在では、かつてのようにむやみに恐れる必要はあるまい。夏沙王国をはじめ、天鳳行路の諸国はもともとこちらの朝貢国であった。旧領を取り返してこそ、真の勝利と言えるだろう」

遊圭は陽元の発言を頭の中で反芻《はんすう》した。間違ったことは言っていない。だが、遊圭の胸には、反論し論破したい気持ちが湧いてくる。蔡進邦はどう感じているのかと横目にようすを窺《うかが》ってみると、やはり納得がいかないのであろう、蔡進邦は無表情を保ちその考えを読み取らせない。

遊圭が発言をためらっていると、蔡進邦がおもむろに口を開いた。

「朔露可汗国は、夏沙国の西にさらに広大な領土を有しています。数年のうちにふたたび東征の軍をおこすことは、火を見るより明らかです。我が国が朔露の国情を探り戦略を練っているのと鏡を合わせるように、朔露も我が国に無数の間諜を放って次の機会に備えていることでしょう。ならば、先の戦での痛手が癒《い》えぬうちに叩いておくべきという考えは、決して間違ってはいません」

遊圭は無意識にうなずいた。

陽元の意見に賛同できぬまま、反論もためらっていたのは、遊圭もまた蔡進邦と同じ結論に達していたからだ。

先手をかけ、主導権を手にすることが必勝の秘訣《ひけつ》ではある。とはいえ、理論や定理通りに戦争に勝てるかといえば、必ずしもそうではない。なにより、遊圭自身がもう戦争に倦《う》んでいたのだ。

「わたしも、蔡大官に同感です。ですが、夏沙王国へと天鳳行路を往復した経験から申し上げれば、砂漠地帯の天鳳行路へ金椛軍を送り込むことは、たいへん危険な賭《か》けです。

麗華《れいか》公主のために送った二万もほぼ全滅したことを思い出してください。死の砂漠のほとりで朔露との全面対決となれば、双方が国の総力を挙げての戦いとなりましょう。先の戦でも、我が国の領域においてさえ完全勝利を果たせなかったものを、戦場を選ばぬ剽悍《ひょうかん》な朔露兵に対して、地形気候に慣れぬ金椛兵士の犠牲は甚大なものとなることは避けられません」

陽元の瞳《ひとみ》にはかすかに落胆の色が浮かんだが、すぐに鷹揚《おうよう》な微笑を浮かべる。

「先の朔露戦を戦った者たちの意見はみな一致しているな。朝堂の好戦派には好きに議論させておくことにして、当面は外交と謀略で朔露の力を削《そ》いでゆくのが良策と言えよう。ルーシャン将軍の仕組んだ謀略が功を奏して、ユルクルカタンの息子どもが内訌《ないこう》を起こし、朔露が内側から瓦解《がかい》してくれれば何よりではあるが、そう幸運に物事が運ばない事態への備えは万全にしておくべきだ」

「御意」

蔡進邦と遊圭は、同時に揖《ゆう》に組んだ腕に頭を沈めるほどに深く拝礼した。

英臨閣を辞した遊圭と蔡進邦は、宮城を出て濠《ほり》を渡るまで肩を並べて歩き、先ほどの会見について語り合い、また近況についても話した。

濠にかかる橋を渡りきり、蔡進邦と別れた遊圭は、ひとりで思案しながら自宅へと足を運ぶ。

蔡進邦によれば、陽元は対朔露に特化した顧問団を編成して、楼門関のルーシャンのもとへ送り込んだという。

——さらに我らが憂慮しなくてはならないのは、ルーシャン将軍の軍事力だ。朔露軍から離脱した異民族の傭兵団《ようへいだん》はルーシャンの配下に編入されたわけだが、これを金椛国軍と呼ぶにはルーシャン個人の私兵といった趣が強い。数年のうちにルーシャンの一党は軍閥化し、朔露に劣らぬ第三勢力になっていることだろう——

ルーシャンが金椛と朔露の勝敗を左右する、天秤《てんびん》の支柱となる。

遊圭は背筋に冷水が走ったようにぶるっと震えた。

先の戦争でも、ルーシャンの選択が戦局を左右したことを思い出したからだ。朔露に家族を人質に取られたルーシャンは、ユルクルカタンに派遣された息子に寝返りを迫られた。遊圭と玄月の捨て身の作戦で家族を取り返し、ルーシャンは金椛側に留《とど》まってくれたのだ。

遊圭はルーシャンを友として信じているが、公人としてのルーシャンは、何万という雑胡《ざっこ》や興胡《こうこ》、移民たちの統率者としての側面もある。

ルーシャンの忠誠心は金椛国ではなく、康宇国の同胞により重きを置かれていることを、遊圭は理解していた。現在の金椛政府は、朔露を牽制《けんせい》するためにルーシャンに河西軍の全権を預けなくてはならないが、やがて河西郡の移民たちが、自分たちの実力や両大国に与える影響力を自覚するようになれば、夏沙王国や康宇国のように一辺境の勢力として、独立を求める運動がおきるかもしれない。そうなれば、まず担ぎ出されるのはルーシャンである。

——朔露を天鳳《てんぽう》山脈から駆逐すべし、と陛下に上奏している官僚たちの目的は、ルーシャンが力をつけすぎる前に朔露の脅威を除き、昇進と見せかけて、都か別の辺境に異動させ河西軍から引き離すことだ。朔露が楼門関の向こうにいる限りは、朔露を熟知するルーシャンを都に呼び寄せるわけにいかぬからな——

政策としてはそれが正しいのだ、と蔡進邦は言った。遊圭もまた、金椛国の官家の生まれである。地方の長官がその土地の勢力と結びつき、独立勢力となることを避けるための任期制であり、官僚制度での根幹であることを理解している。在地の軍事力を預かる武官であれば、さらに厳格な監視が敷かれるのは、必要なことであった。

この日、陽元が蔡進邦と星遊圭を呼び出したのは、朔露の脅威を十分に認識しながらも、ルーシャンの配置換えや、そのために朔露の征討を訴える党派の主張に傾きつつある心を整理するためであったのだろう。

ルーシャンと彼の率いる軍団が、近い将来に諸刃《もろは》の剣となりつつあることは、遊圭も否定はできない。だが、そのときはできるだけ遠い未来へ先延ばしにしたかった。

ようやく手に入れた平穏は、あとどのくらい続いてくれるのだろう。

遊圭は家路を急ぎながら、深いため息をついた。

とりあえず、帰宅すれば明々が笑顔で出迎えてくれる。明日も、あさっても。

朝にはともに朝食をとり、家に帰れば明々と天狗親仔《おやこ》に囲まれて、使用人たちで賑《にぎ》やかな邸《やしき》で一日を終え、そしていつもと同じ朝を迎える。

そのずっと先のことは、いま考えても仕方がない。

## 誕生

春節の賑わいも冷めやらぬころ、星邸は祝いの熱気に包まれた。

明々が健やかな男児を出産したのだ。

遊圭はもちろん有頂天になって喜んだが、家宰の趙夫婦の喜び方は、実の祖父母にも劣らぬほどの舞い上がりぶりであった。かれらにとっては、星家の再興は世継ぎの誕生をもってこそ、ようやく確固たる実感をもたらしたのであろう。

「まあ、いまにも死にそうな当主に跡取りがいないのでは、みなも不安だったことだろうからね」

昔から星家に仕え、族滅後は離散し、遊圭が家を再興してから戻ってきた召使いたちの狂喜乱舞ぶりに、遊圭は苦笑を浮かべる。

「みなが第一子に過度な期待をかけすぎて、明々に負担をかけているんじゃないかって、心配だった。よくがんばってくれたね。どうもありがとう」

一夜明けて、顔色と食欲を取り戻した明々を、遊圭は心を込めてねぎらう。

「男の子でよかったね。みんな、本当に喜んでくれて」

明々は隣に寝かされた嬰児《えいじ》を見つめ、涙をぽろぽろこぼして微笑む。最初の子が男子で、心から安堵《あんど》したようだ。

「明々も赤ん坊も健やかなら、わたしは男でも女でも、どちらでも同じくらい楽しみだったよ。正直なところ、しっかりした賢い女性に囲まれておとなになったせいか、一人目は娘の方が育てやすいんじゃないかと思っていた」

明々は枕の上で首を振る。

「趙婆もみんなも、とてもよくしてくれたから、負担とかはなかったんだけど、男の子じゃなかったらどうしよう、って思っていたのはあったかも。不安そうに見えてた？」

明るく前向きなところが明々の身上ではあるが、やはり階級の異なる家に嫁いできたことに、気を張っていたのだろう。趙婆などは、明々が庶民の出であることから、ぎりぎりまで正室ではなく側女《そばめ》に迎えるよう勧めていたくらいだ。族滅を生き延びたのは明々のお蔭《かげ》であると何度も説明しているというのに、階級意識というのは拭《ぬぐ》い去りがたいものだ。

明々が正室でなければ、一生結婚しないと遊圭が断言したのが効いたらしく、趙婆はかつて遊圭の母親に仕えていたときと同じ敬意を込めて明々に接している。

「私がね、勝手に不安になってしまうの。官家の作法とかわからなくて、遊々や趙婆に迷惑をかけているんじゃないか、恥をかかせているんじゃないかって、憂鬱《ゆううつ》になってしまうの。お母さんには相談できないことも多いし、相談相手といえば、都では蔡義姉《ねえ》さんか、陶蓮さんくらいなのに、陶蓮さんとは疎遠になってしまったから」

陶蓮のことを思い出した明々は、ぽろりと涙をこぼした。

「どうして、いくら手紙を出しても、返事をくれなくなったんだろう。私、陶蓮さんを怒らせるようなことしたかな。都人のお付き合いで、なにか取り返しのつかないことをしちゃったのかな。もしそうだったら、これから知り合って付き合っていく官家の奥様方や、都のひとたちに嫌われてしまうんじゃないか、とか、陶蓮さんみたいに、理由もわからないまま、絶交されて無視されるんじゃないかって」

明々は両手で顔を覆って、堰《せき》を切ったように泣き出した。赤ん坊も母親の動揺を察したのか、火がついたように泣き声をあげる。隣室で休んでいた明々の母親が、何事かと飛び込んできたが、明々が息子を別室であやしてくれるよう頼むと、ふたりの顔を見比べながら赤ん坊を抱いて寝室を出て行った。

「陶蓮て、薬種屋の――」

我ながら白々しい言葉が滑り出たことに、遊圭は絶句した。

陶蓮に明々との交際を絶つように、玄月から手を回してもらったのは妊娠がわかるよりも前のことだ。いつから陶蓮から文が来なくなったのかは、遊圭は正確には把握していなかったが、明々の口から陶蓮の名を聞かなくなったのは懐妊のころだった気がする。

明々はそんなに長い間、陶蓮との縁が絶えたことを気に病んでいたのだろうか。

「明々は、陶蓮がとても好きだったんだね」

顔を手で覆ったまま、明々は小さくうなずいた。

「すごく親切だった。遊々が迎えに来てくれるまで、どうなるんだろう、本当に迎えに来てくれるんだろうか、とっくに沙洋王《さよう》の郡主さまと結ばれちゃったんじゃないかとか、ひとりでいろいろ抱えていたのに、陶蓮さんは何も聞かずに置いてくれた。薬学のことも、親切に教えてくれて、いっぱい勉強になって、とても世話になったのに。疎遠になったのはお店が忙しいのかもしれない、妊娠のことを知らせたら、喜んでくれて返事が来るんじゃないかと思ったけど――」

都にいて妊娠について相談できる友人と言えば、蔡月香くらい。医薬や産学について頼れるシーリーンは後宮勤めで、文のやりとりは時間がかかり、呼び出してもすぐに駆けつけられるわけではない。そんな不安なときに、心の頼りにしていた陶蓮から音信が途絶え、相談の手紙を出しても梨の礫《つぶて》であれば、明々はどれだけ心が塞《ふさ》いだことだろう。

「そんなに不安だったのなら、どうして、わたしに黙っていたんだい。そりゃ、女性の体のことは女性同士の方が相談しやすいとは思うけど、わたしたちは夫婦じゃないか。つらいことがあったら、打ち明けてくれたらよかったのに」

強引に陶蓮に身を引かせた罪悪感で、遊圭は知らず知らず詰《なじ》る口調になった。

「ご、ごめんなさい。お勤めに忙しい遊々に、余計な心配をかけたくなくて。それに、遊々は陶蓮さんのこと、嫌ってるみたいだったから――」

明々は慌てて布団の端で顔を拭い、早口で謝る。

「明々が謝ることは、何もない。わたしの考えがいたらなかったんだ」

遊圭が陶蓮に抱えている嫌悪感を、明々は感じとっていたのだ。

「どうして、わたしが陶蓮を嫌っていると思ったんだい」

「わからないけど。陶蓮さんの話をしても、あまり興味なさそうだったし。遊々とは直接の知り合いでもないのに、婚礼祝いの贈り物が豪華なものばかりだったから、遊々は賄賂《わいろ》みたいに感じたのかなって」

ああ、と遊圭は胸の内で嘆息した。聡明《そうめい》で察しのいい明々！　事情を知らされないばかりに、黙って悩んでいたなんて。

「そうか。実は、そうなんだ。星家と陶蓮の店とは、昔ちょっとした確執があってね。あまり関わり合いになりたくなかったのはある。明々が世話になっていたのは、ちゃんと礼をすべきだと思っていたんだけど、心の整理がつくまでは、と思っているうちに話を聞かなくなったから、そのままにしてしまったんだ。まさか、明々がそんなに気に病んでいたなんて。謝るのはわたしのほうだ」

遊圭は明々の手を取って、両手で包み込むようにして握りしめた。

「婚礼祝いが豪華だったのは、過去のことを水に流して欲しいという意思表示だったのかもしれない。ただ、わたしはどうしていいのかわからなくて、返礼を明々に任せてしまった。だから、陶蓮はわたしの怒りが解けてないと解釈して、星家との関わり合いを避けることにしたのじゃないかな。陶蓮から音信が途絶えたのは明々のせいじゃない。

明々は何も失敗していない。わたしが優柔不断だったから、明々がとばっちりを食っただけだ」

「そう、だったの」

明々はほっとして、遊圭の手にもう片方の手を乗せて頰を寄せた。だが、そのはかない笑みがすっと引く。

「星家と、ってことは、趙婆もほかの使用人たちも、みんな陶蓮さんのこと、知っていたってこと？　それで私には黙っていたってこと？」

遊圭は明々の洞察力に舌を巻く。

「趙婆と趙爺、潘敏はね。でもほかの者はそこまで詳しくない。床を上げたら、陶蓮との間で何があったか、みんな話すよ。明々に話さなかったのは、わたし自身があまり思い出したくなかったからなんだ。陶蓮のことを責めすぎるのもよくないから、気持ちを整理してから話すよ。とりあえず今日のところは、星家はかつて、陶蓮の店に出資もしていた顧客だった、てことだけ話しておく。いまは、休んでくれるね」

明々はずっと胸に詰まらせていた悩みを吐き出し、遊圭の抱えていたわだかまりを知って安心したらしい。遊圭に髪を撫《な》でられているうちに、またうつらうつらと眠り始めた。

後産《あとざん》の経過もよく、床を上げた明々と寒梅の庭を散策しながら、遊圭は先帝の崩御から族滅、匿《かくま》ってくれるはずだった陶蓮の裏切りについて打ち明けた。

明々はただびっくりして、言葉もない。

「陶蓮のことを話さなかったのは、忘れたかったからだよ。話せば、追われていたときの恐怖が鮮やかに蘇《よみがえ》って、胸が苦しくなる。ほら、いまだって手が汗でびっしょりだ」

遊圭は両手を広げて見せる。

「明々が世話になったり、良くしてもらったりしたからといって、陶蓮を赦《ゆる》す気持ちにはならなかった。でも、明々が感謝している相手を悪く言うのも憚《はばか》られてね。かえって不安にさせていたことは、本当に申し訳なかった」

明々は白い息を吐き、襟巻きに首を埋めるようにしてわずかに首を横に振った。

「結婚したら、いつまでも仲良く暮らせるって思っていたけど、そうじゃなかったね。夫婦でも、話しづらいことはいっぱいあって、どう話したらいいのかもわからないまま、こじれていくことってあるんだってわかった。話してくれないときは、理由があるんだってこと、忘れないようにしないとね」

自分にはもったいないくらい聡明な女性だと、遊圭は明々に惚《ほ》れ直す。

「わたしこそ、明々が何も言わないからって、悩んでないと勝手に思い込んだりして、配慮が足りなかったよ。でもやっぱり、もっと早く踏ん切りをつけるためにも、はっきり言ってくれた方が良かったかな。仕事がどうとか、他人の手前がどうとかよりも、明々を幸せにすることが、わたしにとっては一番大事なことなんだ」

雪で足を滑らせないようにと取った明々の手の冷たさに、遊圭は屋内へ戻ろうと促した。

「赤ん坊の名前、まだ悩んでるんだ」

明々の頭の中からも陶蓮の影を押しやってしまおうと、遊圭は話題を変える。

「どんなのを考えているの」

明々は期待を込めた笑顔で話に乗ってくる。遊圭は照れくさそうに頬を擦《こす》った。

「もうね。こんな風に明々と家庭を持てて、最初に嫡子を授かるなんて、奇跡だと思ってしまうんだ。明々にもご先祖にも、天にも、どれだけ感謝してもし足りない」

明々も同感らしく、目尻《めじり》に涙を滲《にじ》ませてうなずく。

「初めて抱いたときも、毎朝毎晩、我が子の顔を見るたびに、天からの授かりもの、という気持ちになる。だから『天賜《てんし》』とか、どうだろう」

明々はぱちりと目を見開いた。それから口を袖《そで》で覆ってくすくすと笑う。

「変かな。ま、ちょっと大げさかなとは思ったり……」

口ごもる遊圭に、明々は「そうじゃないの」となだめる。

「素敵な名前だと思う。でも、『天』をつけると、天遊《てんゆう》と天伯《てんはく》の兄弟みたい」

と、愛獣の仔天狗の名をあげた。遊圭は「あ」と小声を上げて顔を赤くした。

「それから、姓が『星』で次の文字が『天』だと、初めて見た人は姓名とは思わないかも」

重なる明々の指摘に、遊圭はますます赤面して、うーんと唸《うな》った。

「うん。確かに『星天賜』って、名前と言うより、号だね」

「でも、素敵。諱《いみな》って、家族しか呼ばないじゃない。だから、いいと思う。この先も、きっといろんなことがある。新婚早々、お互いに話せないことでこじれそうになったけど、つらくなったり、だめになりそうになったら、天賜が生まれたときの気持ちを思い出せるように。仔天狗たちは、名前が似ているから本当に兄弟だと思って、大事に遊んだり、守ったりしてくれそう」

名前のことがなくても、母天狗は天賜が生まれた日から、天賜のゆりかごの下に一日中うずくまっている。時折り後足で立ち上がり、ゆりかごに鼻先を突っ込んで、赤ん坊の髪や鼻をなめては、笑ったりむずかったりする声を聞いて、満足げにまた床にうずくまる。

まるで自分の仔であるかのように、天賜を守ろうとしているかに見える。

まだ体の小さな天伯と天遊は、あたかも仏の両脇に控える護法童子《ごほうどうじ》のように、母天狗の横を離れない。

祝いに駆けつけた友人の橘真人《きつまひと》は、そのようすを見てこう言った。

「天狗は、成獣になると熊に似ていますが、性質は狼や犬に近いんでしょうかね。群れで生まれた仔犬の世話は、成獣の雌の仕事なんですよ。犬は群れがひとつの家族なので、星家に生まれた赤ん坊も、自分が世話しなくてはいけないと天狗は思っているんじゃないでしょうか」

交易商との放浪生活の長かった橘真人は、多様な獣を扱った経験があり、知識も豊富だ。天狗が仔天狗を産んだときも、真人のお蔭《かげ》で一匹も欠けることなく都に戻ることができた。

「気がつかないうちに、大家族になっていたんだな」

遊圭は感慨深くつぶやいた。

## 墓参

つつがなく春と夏が過ぎ、天賜はすくすくと育つ。

こんなに平穏に日々が過ぎてよいものだろうかと、遊圭はたびたび不安になる。そして同時に、平安な年月がいつまでも続くようにと天に祈る。

庭に立つと涼風が頬を撫でてゆき、生け垣に目を落とせば開きかけた萩《はぎ》の蕾《つぼみ》が揺れている。一族の命日が近づいていていた。

食事の支度ができたと呼びに来た趙爺の声に、遊圭は我に返った。

「趙爺、今年は一族の祀《まつ》りを執り行う許可を、陛下にいただこうと考えている」

考えるより先に、言葉が唇を滑り出る。趙爺は驚きに目を瞠《みは》り、口をあわあわとさせてから大きく微笑んだ。

「良いことでございます。前例がありませんが、そもそも罪なくして国のために先帝に従ったのですから、公に法要が執り行われたり、れっきとした祠堂《しどう》が建てられたりすべきなのです」

族滅させられたら子孫が残らないのだから、後世に祀られないのは仕方がない。とはいえ、遊圭は生き延びたのだ。そして、星家は皇后玲玉の実家であり、皇太子がその血を引く祖先を祀るのは、誰に恥じることのない子孫の義務でもある。

「あまり派手にはしたくない。前例もなく、族滅法は廃止されたのだから、後にも先にもこれが一度きりだ。ご許可をいただいて、星家の裁量でやるのがいいと思う」

趙爺は皺《しわ》深いまなじりに涙をこぼして、すんと洟《はな》をかんだ。

趙爺の髪は、遊圭が家督を継いで再会したときよりも、すっかり白くなっている。せっかく蔭《おん》位《い》の官位を授かって家の再興なるかと思われた矢先で、罪を犯した友を庇《かば》って流刑になったり、長引く戦争の前線からいつまでも帰ってこられなかったり、本当に星家は再興できるのかと、ずいぶんと心労をかけたせいだろう。

食堂では、遊圭を待つ間、明々が天賜に重湯を舐《な》めさせていた。遊圭は趙爺に話した内容と同じことを繰り返し、明々の賛同を得た。

「私も、星一族のお墓参りができないことは、ずっと気になっていました。でも私の知らない事情があると思い、游の方から言い出すまで待つことにしたのです」

天賜が生まれてから、明々は夫を愛称ではなく諱で呼ぶようになっていた。親になったことへの、けじめかもしれないと、遊圭も明々を『明蓉』と呼ぶことにした。

一枚も二枚も、若さという皮を脱ぎ去った気がする。少年の皮と青年の皮。

「祀りの形式や手順の計画を練る前に、御陵に参ろうと思うんだけど、三人で行こう。みんなに、天賜を紹介したい」

「そうしましょう」

言葉遣いも物腰も、すっかり星家の夫人の落ち着きが板についてきた明々だ。

風も涼しく、青い空が高く澄み渡った初秋の日を選んで、遊圭は明々と天賜を連れて先帝の陵墓へと馬車を出した。門には墓守がいなかったので、そのまま星家の墓室へと進む。先帝の命日が近いためか、以前来たときよりも草は刈られ、道は整っていた。それでも明々の足下を思って、遊圭は自分が天賜を抱いて歩く。

墓室の前に立てられた墓石のてっぺんが見えてきたころ、遊圭は大気に香の匂いを嗅《か》いだ。明々も同じだったらしく、顔を上げてあたりを見渡す。

「誰か、お参りしているのかしら」

「わたしがなかなか都に落ち着けないでいるあいだ、星家にゆかりのある人々が墓参してくれていたことは、墓守から聞いている」

「游も、ひとりで来ていたのね」

「気持ちの整理がつかなくて、数えるほどしか参ってない」

明々は鷹揚《おうよう》に微笑んだ。

「星夫人はとても優しくて親切な方でした。星大官にはお会いしたことはないけど、皆さまから敬われ、慕われていらしたから、いまでも少なくない数の方々が、命日の前後にお参りをされるのでしょう。今日はそのうちのどなたかに会えるかもしれませんね」

遊圭はうんとうなずいて、階段を踏みしめて上る。腕の中の天賜が、開けた場所に興奮し、きゃっきゃと声を上げては、高く伸びた薄《すすき》の穂に手を伸ばす。

「あ」

小さく声を発し、立ち止まってしまった明々に、遊圭は天賜から前方へと目を移した。ひとりの婦人が石段を下りてくる。遊圭の足も石になってしまったように動かない。婦人も遊圭と明々に気づいて、うろたえた様子で立ち止まった。明々は戸惑い、遊圭から婦人へと視線を泳がせる。

「陶蓮」

遊圭は口のなかでつぶやく。気を取り直して胸に抱いていた天賜を揺すり上げ、明々の手を握って石段を上る。陶蓮の立つ場所で立ち止まって、会釈した。

「一族の墓参をしてくださっていたのは、あなたでしたか」

声が震えてはいないか、表情が硬くこわばっていないかと気にしながら、遊圭は精一杯の落ち着きを込めて話しかける。陶蓮は右手に手巾《しゅきん》を握りしめ、裾《すそ》を持ち上げた左手を震わせて、かすれた声で応《こた》えた。

「星の若さまが命日のあたりで墓参されたことはないと、墓守が言ってましたから、今年もそうかと——申し訳ありません」

遊圭と鉢合わせしない日を選んで墓参したというのに、『どの面を下げて星家の墓参ができるのだ』と詰《なじ》られるのかと怯《おび》えているようだ。

遊圭はいま自分がどんな表情で陶蓮を見ているのか、あるいはにらみつけているのかと考えた。

遊圭と陶蓮を見比べる明々の不安げな顔を横目に、遊圭はできるだけ口角を上に向けて応じた。

「いつでも、都合のよいときに参っていただければ、両親も喜ぶでしょう。一昨年《おととし》はわたしと婚約していた明々が、とてもお世話になったそうですね。その節は——」

礼の言葉を口に出そうとしたが、そこで舌が固まってしまった。

「あ、いえ。蔡のお嬢さんの頼みを引き受けただけのことです。お気になさらず」

陶蓮は早口で遊圭の言葉を遮り、その場を立ち去ろうとする。

「陶蓮さん。あの」

たまりかねた明々が声をかけ、陶蓮は足を止める。正面から明々を見ようとしないのは、過去の罪業を知られてしまった恐れからであろうか。

遊圭の脳裏に、土まみれの壺《つぼ》が浮かび上がる。

「星家の墓前に喘息《ぜんそく》薬の入った壺を供えていたのは、陶蓮、あなたでしたか」

「え——ええ」

「わたしが両親といっしょに、この土の下にいるとお考えになっていたのですね」

陶蓮は手巾と裾を握り締めてはぎゅっとひねり、この場を逃れたそうにしつつも、遊圭の問いに囚《とら》われたように体を揺らしている。

「はい」

あきらめたように、陶蓮は息を吐いた。

天賜は場の緊張にむずかりだし、母親の腕を求めて体をうねらせる。遊圭は天賜を明々に渡した。

遊圭の頭の中には千の言葉、万の感情が渦巻いていた。いまにもあふれ出そうでありながら、喉《のど》の狭いところで閊《つか》えて、なにひとつ出てこない。

「そうですか。あなたではないかと、思っていました」

ようやく出せたのは、その言葉だけだ。ただ、自分でも思いがけなく淡々としていて、陶蓮への恨みや怒りが含まれていないことに、少しばかり気が楽になる。明々と天賜の前で取り乱したり、女性を罵《ののし》ったりはしたくない。

「ああ、星姓の男子がひとり増えました。天賜といいます」

遊圭は明々に目配せした。明々は天賜の顔が陶蓮に見えるように抱き直した。陶蓮はその場に立ったまま、頬を震わせて天賜の顔をのぞき込む。

「おめでとうございます。とても、健康そうで――」

「ええ、健康な子を授かりました」

「良かったです――あの」

陶蓮が泣きそうな顔になったので、遊圭は目を逸《そ》らす。

「それでは」

唐突に会話を終わらせて、遊圭は石段に足をかけた。明々に手を伸ばし、ついてくるように促す。明々は天賜を抱いて陶蓮に会釈し、遊圭についてゆく。明々の肩越しに、天賜が陶蓮に向かって喃語《なんご》を発しているのを、遊圭は背中で聞いた。

陶蓮の涙など見たくなかったのだ。懺悔《ざんげ》も弁明も聞きたくなかった。

もう少し長く、陶蓮には己の犯した罪を背負っていて欲しかった。

「陶蓮が星家を滅ぼしたわけじゃない。陶蓮には、わたしを助ける力も術《すべ》もなかったことも、わかってはいる。だけど、わだかまりを手放すことは、どうしてもできない。わたしは狭量で執念深い人間だ。明々はそんなわたしを軽蔑《けいべつ》するかい」

一族の名を刻んだ墓石に話しかけ、明々に問いかける。明々は赤ん坊が線香の煙をつかもうと伸ばす手を押さえつつ、間を置いてから遊圭に応《こた》えた。

「先帝の大喪のあと、私が藁《わら》の山のなかで遊を見つけたとき、遊は死にかけていたわ。あと数刻遅れていたら、間に合わなかった。助けることができたのは嬉しかったけど、都じゅうのひとが捜している遊を家に連れて帰って匿《かくま》うのは、とても怖かった。きっと、陶蓮さんもとても怖かったんだと思う。でも、游はもっと怖い思いをしたのだから、心の整理がつかないのは仕方がない。人間って、そういうものだと思います。仕返しは考えず、陶蓮さんを責めもせず、そっとしておけるんですもの。游は寛大な方ではないかしら。私はそう思います。天賜の父親が、游でよかった」

遊圭の目頭が熱を持ち、熱い滴があふれて頬を伝い落ちた。明々の背中に手を回して引き寄せ、天賜ごと抱きすくめる。喉にこみ上げる塊を呑《の》みくだし、明々の髪と天賜の肌の匂いを胸に吸い込む。

いつまでも苦しい思いを抱えている必要は、ないのかもしれない。

陶蓮の十年は、どのように過ぎていったのだろう。

約束を果たせず裏切った恩人の墓参を、十年も続けてきた陶蓮の心の底にあるものを、受け入れることができる日は、それほど遠くないような気がする。

明々に救われて、今日まで生きることができた。その巡り合わせの岐路に、陶蓮がいただけのことなのだろう。

「いままで、ありがとう。君に出逢《であ》えたことが、わたしの一番のしあわせだ」

「そんなの、お互いさまですよ」

泣き笑いの両親の間に挟まって、天賜が父母の頬に伝わる涙を小さな手で拭《ぬぐ》っては、ぶんぶんと振り払う。

秋の高く青い天に、赤ん坊の無邪気な笑い声が吸い込まれていった。

# 第二話　月下氷人

# 祝賀

婚礼の宴において、分別のある招待客は酔い戯《たわむ》れる者らをあとに、日の暮れる前に辞去して家路を目指す。

今上《きんじょう》帝の最側近であり、宦官《かんがん》として最高位職の司礼太監《しれいたいかん》を務める陶名聞《とうめいぶん》の邸では、ひとり息子玄月《げんげつ》の婚礼が終わった後も、祝儀の訪問者が途切れることがない。

婚儀そのものは身内だけを招いたものであったから、早々に奥の令堂へと引き上げた新婦の蔡月香《さいげつか》は表の喧噪《けんそう》を知らないまま、ずっと以前から陶家の若奥様であったかのような落ち着きで、姑《しゅうとめ》をはじめとする陶家の女たちと談笑していた。

女たちの令堂にあふれる笑い声の源は、婚儀をつつがなく終えた喜びだけではない。

子を生《な》せない若夫婦が、跡取りとして遠縁から養子に迎えた赤子が、忙しく奥の間を這《は》い這いするさまは、長いこと晴れやかなことのなかった陶家の面々を、笑顔で明るくする。小太鼓を鳴らして、血のつながらぬ孫の気を引くことに夢中な姑を、蔡月香は微笑ましく眺めていた。

「若奥様、宮中からのお遣いが参られました」

月香は居住まいを正し、奥へ通すように命じた。宮中からということは、皇后の星玲《せいれい》玉《ぎょく》の使者であろう。最上級の礼を以《もっ》て迎えなくてはならない。

月香は姑にしばらくの退座を告げて、令堂の客間を急ぎ準備させた。

通されたのは、背が高く、逞《たくま》しい体つきをした女官であった。骨張った頬と顎《あご》はいかつく首は太く、目は小さくて小鼻が広がっている。唇は薄くて表情は乏しい。

笑うこともあまりなさそうな印象ではあったが、目尻《めじり》や口元にはうっすらと小じわが刻まれ、三十代の前半であることが窺《うかが》われる。皮膚の肌理《きめ》に表われる年齢はごまかしようがないとしても、四角い顎と首の周りに余分な脂肪はない。鍛錬を積んだ引き締まった体つきと、豊かな胸の盛り上がりの対比は人目を引くであろうし、身のこなしは一回り年下の男女よりも敏捷《びんしょう》であった。

皇后宮に仕える華やかな女官の衣裳《いしょう》が、これほど似合わない女性も珍しいであろう。

月香の瞳《ひとみ》が輝き、頬と口元には灯《あか》りをともしたような笑みが広がった。

「凜々《りんりん》、よく来てくれたわね。うれしいわ」

陶家の若夫人に歓迎された後宮の娘子兵《じょうし》、林《りん》凜々は型どおりの祝辞を述べ、皇后からの祝いの品を差し出した。

「どうもありがとう。儀礼はそこまででいいわ。そこに腰掛けて、茶菓を召し上がって。皆様にお変わりはなくて？」

月香は長年の知己と再会した喜びに声を弾ませる。凜々は恐縮して椅子を辞退すること二回、ついに押し切られて月香と差し向かいに腰を下ろし、後宮のようすや最近の出来事を語って聞かせた。

月香が後宮にいた当時、懇意にしていた妃嬪《ひひん》や女官、宦官らの消息を訊《たず》ねられるままに、凜々は女性にしては低い声で淡々と答えてゆく。月香は来し方を振り返り、ときおり涙ぐんでは凜々の話に相槌《あいづち》を打った。

「あそこにいたときは、いつもつらい気持ちでいたような気がするけど、思い出そうとすると懐かしいことしか思い浮かばないの」

凜々はにっこりと微笑み、卓の上に置かれた茶を手に取った。

「奥さまのお人柄です。どんなときでも、笑みを絶やさず、誰にも隔てなく優しく接してこられましたから。妃嬪の皆さまも奥さまに一目置かれ、奥さまを慕う宮官や宦官は少なくなかったのです」

月香はいたずらを見つかった子どものように、ぺろりと唇を舐《な》めてくすりと笑う。

「まあ、でも全部演技だったのだけど。玄月の味方を増やすためのね」

「いいえ、もともとのご気性が親切で公正であられたから、奥さまの配下となった者はお役に立つことを望んだのです。事実、不当に利用された者もいなければ、誰かを陥れるために働かされた者もいません。危ない橋を渡るときは、いつもご自身で動かれるものですから、私どもはいつもはらはらと心配申し上げていたのです。もっと頼って下さればいいのにと、思っていました」

凛々の言葉と声音には、尊敬といたわりが込められていた。月香は恥ずかしげに頬を染めてうつむく。

「だって、あの場所では誰を信じていいのか、わからないじゃない。心から信じられたのは、凛々だけよ。それに凛々は凛々で、大事な役目を任されていたでしょう？」

凛々は軽くうなずき、同意を示した。

後宮では、もっとも信じていた相手に陥れられることも、驚くほどのことではない。

「わたくしは、王慈仙《おうじせん》のことは、はじめから信じてはいなかったけども」

月香は悔しげに唇を噛《か》んで、かつて玄月の先輩であった宦官の名を口にした。

王慈仙は少年時代から若い宦官らの面倒見がよく、人当たりの良さで多くの舎弟に慕われていた。玄月が後宮に入ったときもすぐに自分の舎弟として引き立て、当時は皇太子であった陽元《ようげん》に、少年時代よりともに仕えてきた人物であった。

玄月の少年時代と青年期という、もっとも長く多感な時期をともに過ごした朋友《ほうゆう》でありながら、王慈仙はこの舎弟の出世のめざましさに、やがては自分を追い越すであろうと妬心《としん》を起こした。そして三年前に、自らを疑いもしていなかった玄月を陥れるため陽元に讒言《ざんげん》し、死をもって排除しようと画策した。

「優しげに見える人間ほど、裏があるのではと、疑ってみたくなるものではなくて？　まあ、わたくしたちもまた、そのように振る舞っていたから余計にそう思うのだけど、わたくしの勘は正しかったの。王慈仙ははじめから紹《しょう》のことは利用するだけ利用して、邪魔になったら切り捨てるつもりだったのよ。当たって欲しくない勘ほどよく当たるものね」

「玄月さまも、慈仙を心から信頼しておられたわけではございません。奥さまとのご縁についても、慈仙には知られないように、慎重に振る舞っておられましたから。だからこそ、奥さまは讒言によって投獄された玄月さまを救いだすことが、おできになったのです」

当時に思いを馳《は》せたのか、凜々は口元をほころばせた。

月香も胸に手を当てて、囚《とら》われた玄月を脱出させた夜を思い浮かべた。牢獄《ろうごく》への侵入と宮城からの脱出の手引きは、文字通り命がけであった。とはいえ過ぎてしまえば、ふたりきりで闇の中をそぞろ歩き、合歓《ねむ》の花の香りに包まれて互いの体温を確かめ合った、かけがえのないひとときであった。

それぞれが過去を想起した短い沈黙のあと、月香はすっと表情を引き締めて、話題を変えた。

「ねえ、凜々。あなた、後宮を下がりたくはなくて？　凜々が望むのなら、当家に迎えるように手配できるわ」

玄月の側室になる気があるかという月香の誘いに、凜々は小さな目を瞠《みは》った。

月香の瞳はまっすぐで、凜々を気遣う真心に嘘はない。月香自身は後宮を出ることができて、心の底から安堵《あんど》しているのだろう。だから、後宮でともに苦難を分かち合った凛々を同志として案じ、そこから解放してやりたいと純粋に考えているのだ。

長年の凛々の奉仕に報いるために、月香が考えつくことのできる最良の褒美が、夫の側室という地位であるとは。

凛々は身寄りも家族もない、天涯孤独の身であった。後宮を出たところで、どこにも身を寄せるあてなどない。そうした事情を知っている月香は、凛々もともに新居に移るよう誘ってくれている。その真心は凛々に伝わっていた。

凛々は奥歯を嚙んで、唇に這い上がりかけた笑みをひっこめた。

月香はわかっていない。凛々は、玄月の二番目の女になるために、今日まで忠誠を捧《ささ》げてきたわけではなかった。

ありがたい申し出ではあったが、凛々はゆるやかに首を横に振った。

「もったいないお言葉、どうもありがとうございます。ですが、私がこちらにお仕えしても、お役に立てることはありません。私の望みは、玄月さまのお役に立つことです。後宮における玄月さまの耳目となり、必要とあれば手足として働ける、これからもそういう立場に控えていることが、私のしあわせでございます」

そう答える凛々の、毅然《きぜん》とした言葉と穏やかな表情には、迷いも偽りもない。

林凛々は、これまでもそう心に決めて生きてきたのだ。そして、これからもその役目だけをおのれに課してゆくと、固く心に誓っている。

妻子を慈しむ玄月の家庭に、自分の居場所などありはしない。

月香は寂しげに微笑み、かすかにうなずいた。

「凜々がそう言うのなら、思うようにするといいわ。でも、もし帰る家が必要になったら、いつでもわたくしたちを頼ってちょうだい。わたくしと玄月が再会して縁をふたたび繋《つな》ぐことができたのは、ひとえに凜々のお蔭《かげ》だから。わたくしと玄月は、一生かかっても返しきれない恩をあなたに負っているの」

凜々は目を細め、口元をほころばせた。西凰宮《さいおうぐう》の娘子兵を束ねる役職柄、くだけた表情をあまり見せない凜々が、限られた人間だけに見せる、親しみを込めた笑みだ。

「私はなにも――おふたりが結ばれたのは、お互いが信じ合っていたからです。奥さまと玄月さまが、長い時を耐えてご自分たちの力で勝ち取った幸福です。私はときに、奇跡でも起きない限り、おふたりが結ばれることはあり得ないのかもしれない、と思うこともありました。だからこそ、その奇跡が起こることを信じたかった。そして、見届けたかったのです」

その言葉にも嘘はない。凜々は心から愛《いと》おしんだ少年の理解者として、そしてその忠実な下僕として、年若い恋人たちを見守ってきたのだ。

「玄月さまは、ようやく奥さまとご家庭をお持ちになり、安らぎの場を得られました。ですが、先の戦で功を立てられ恩賞を賜《たまわ》っただけでなく、美しい伴侶《はんりょ》を迎え、家庭を構えられた玄月さまを妬《ねた》む人間たちはあとを絶ちません。玄月さまの後宮における立場は、かつてと変わらず難しいものとなりましょう。私は後宮に残って微力ながらお仕えして参ります」

凜々は不意に唇を噛みしめてうつむいた。

「こんどこそ決して後宮を離れることなく、玄月さまをお守りします」

慈仙の謀略によって、玄月が絶体絶命の危機に陥ったとき、凜々は後宮にいなかった。それより前に玄月の命を受け、西方の砂漠へ派遣された星遊圭《せいゆうけい》の消息を尋ねて、都どころか祖国を遠く離れた異郷の地に赴いていた。そのために、後宮に残された月香は、協力者もなく独力で玄月を救出しなくてはならなかったのだ。

いま思い出しても、心の臓にひやりとした痛みを感じる。

月香も同じ思いであったらしく、痛ましげに眉《まゆ》を寄せ、顔を伏せた。

「そこまで言ってくれるのね、凜々。その覚悟を聞かせてくれてありがとう。玄月をお願いするわ。でも凜々、あなたが自分自身の幸せを見つけたら、それを玄月への忠義と天秤《てんびん》にかけたりしないで欲しいの」

そんな日がくるはずがないではないか。

凜々は小さな目にあきらめとも哀しみともつかぬ色を浮かべて、礼の言葉とともに月香に微笑み返した。

出会い

林凜々が陶邸を辞去するとき、陶名聞と玄月の親子が門まで見送った。

「凜々、今日までよく尽くしてくれた。感謝する」

玄月の率直な感謝と労《ねぎら》いの言葉だけで、天にも昇るほどの喜びが凜々の胸を満たす。

凜々は薄い唇の端に苦笑を浮かべた。

「玄月さま、これからでございますよ」

凜々が、どれだけの想いを込めてこのひと言を告げたか、玄月に伝わったであろうか。いつかの約束を、少年のころの記憶を、玄月はまだその胸の奥にとどめているであろうか。

まっすぐに見つめる凜々の瞳《ひとみ》を見返した玄月は、ふっと頰をゆるめてうなずきかえした。

「そうだ。これからであったな」

胸の鼓動が喉元《のどもと》までせり上がるほどの興奮に、凜々は体が震えてしまいそうだ。短いやりとりに、かつて交わした約束がこれからも続いていくことを、はっきりと確認できたのだから。

陶名聞がいなければ、もっと私的な言葉を交わすこともできたであろうが、皇后の使者である凜々を、司礼太監の名聞が玄関先で見送るわけにもいかない。

凜々は陶名聞とも、恭しく辞去の礼を交わした。

客を迎えてはもてなし、送り出す名聞の目は赤く腫《は》れて、たびたび感極まっては、一家の栄に涙を抑えることができずにいる。名聞は未《いま》だ四十代の半ばか後半という年齢であるが、頬の肉は下がり、目尻《めじり》も垂れて、一見したところ初老の印象を与える。

宦官《かんがん》は老いるのが早いという。感情に呑《の》まれがちとなり、年を取るほどに物欲が深まる。また飲食に耽溺《たんでき》しやすい傾向があり、位が上がるほどに溜《た》め込んだ財産を飽食につぎ込み、肥満体を持て余す宦官は少なくない。

凜々は玄月がそのような宦官になるところなど、想像もつかない。

玄月自身が、醜く老いさらばえていく年配の宦官を見てそうなることを怖れ、日々の鍛錬を欠かさず、飲食に溺《おぼ》れることを慎んでいた。二十代の半ばを過ぎたいまも、背筋はすらりと伸びて姿勢は正しく、首も顎《あご》もすっきりとしている。数年を砂漠地帯の西域で過ごしたために、肌は以前のような透明感と滑らかさを失ってしまったが、むしろ精《せい》悍《かん》さが備わったように凜々には思えるのだ。

凜々は玄月が将来どのような姿になろうと、変わらぬ忠誠を捧げる覚悟であった。

皇后の使者を乗せた馬車は、午後の陽射しの中を宮城へと戻る。いつもならば、騎乗してこのような馬車を護衛する立場にある林凜々は、はからずも守られるべき女人の立場を知ることとなった。

薄暗く揺れる馬車の中で、座っている他にすることがない。連れでもいれば気が紛れるのだろうが、ひとりではそういうわけにもいかない。気晴らしに窓の引き戸を開けて、外を眺める。都人の行き交う街路は、家路を急ぐ人々の喧噪《けんそう》で満ち満ちていた。

――それにしても――

凜々は、新婚の家に入るよう勧めてきた蔡月香の真意を推し量る。

それなりの地位についた宦官が妻《めと》を娶り、さらに妾《めかけ》を幾人も囲うことは珍しくない。生殖能力を取り去られた宦官とはいえ、あるいはそれがゆえに、余人に劣らぬ富と権力を示さんとばかりに、豪邸に住み大勢の美女を侍《はべ》らせる傾向があった。

とはいえ、まだ二十代半ばの玄月が妻を娶ったのは、例外中の例外といっていい。内官であった蔡月香を賜ったというだけでも、他者の嫉視《しっし》を買いかねないのだ。器量の劣る凜々が側女《そばめ》ならば、人々の目を逸《そ》らすことができるという腹づもりも、月香にはあったのかもしれない。

「玄月さまの、女になる――？」

凜々はふっと自嘲《じちょう》の息を吐いた。

想像もできない。玄月が自分を女として見たことなど、一度もないだろう。凜々もまた、玄月を男として愛してきたかと訊《き》かれれば、返答に困る。

ただ、凜々があの若者を誰よりも深く愛してきたことは確かだ。

曙《あけぼの》を待つ紫色の闇の中で、いまにも沈みゆく月の精霊が、気まぐれに地に舞い降りたかのような、美しい少年と出会ったときから。

凜々は幼くして人買いに売られ、婢女《はしため》として官家に買われた。その家の令嬢が宮官に選ばれたとき、凜々は付き人の女童《めどう》としてともに後宮へ出仕した。

その主人は凜々が十七のときに他界した。仕える主人のいなくなった不器量な女童を引き取りたいという宮官もなく、官婢《かんひ》として不浄な洗い物が持ち込まれる浣衣局《かんいきょく》に送り込まれた。

浣衣局では、来る日も来る日も、早朝から持ち込まれた悪臭の漂う洗濯物を一日中洗い続け、体を壊した者から早ければ数ヶ月のうちに消えていく。体格のいい彼女は、重たい桶《おけ》に詰め込まれた洗濯物を運ぶ役をたびたび押しつけられた。食べ物だけは充分に出されたせいか、生まれつき頑丈な彼女の体は音をあげることなく月日は過ぎていった。

季節がふたつ巡ったころであったか、水を汲《く》むために日の出前に井戸へ来た彼女は、明滅する蛍の舞う水場を背景にたたずむ、小さな影に気がついた。

「誰？」

太い女の声に誰何《すいか》され、びくりと肩をふるわせて振り向いたのは、青ざめた美しい少年であった。

月の雫《しずく》を凝り集めたかのようになめらかな額と頬を、冴《さ》え冴《ざ》えとした星と儚《はかな》い蛍の光が照らすさまは、物語に聞く伝説の寵童《ちょうどう》、不老不死の菊慈童《きくじどう》を彷彿《ほうふつ》とさせる。

不安げに彼女を見上げる少年の頰に、うっすらとのぼった血の気が、羞恥心《しゅうちしん》からくるものであると気づくのに、一呼吸もかからなかった。

少年は敷布と寝間着を両手に抱えていたからだ。

月の精霊でも、幽鬼でもない、途方に暮れた現実の子どもであることに安堵《あんど》した彼女は、詰めていた息をほぅ、と吐いた。

「濡《ぬ》らしてしまったのかい？」

洗濯女の太くしゃがれた声に怯《おび》えたのか、少年は肩をすくめてうなずいた。

「見慣れない顔だね。入ったばかりか」

少年はふたたびうなずいた。

自宮なり刑罰なり、宦官となるために去勢されたのちは、排尿が自制できるようになるまで宮仕えは許されない。見習い期間が終わり、後宮に配属されてから服や寝床を濡らすようなことがあればひどい叱責《しっせき》を浴び、折檻《せっかん》を受ける。

だから、彼女は夜中や早朝にこっそり寝具を洗いに来る、新米宦官の姿は見慣れていた。

親元から引き離され、勤め始めたばかりの十歳前後の子どもたちだ。新しい環境で慣れない仕事を覚え、師父や兄弟子からこき使われて、緊張や怯えから悪夢を見たり、闇の中をひとりで厠《かわや》に行く勇気もない。寝具を濡らすなという方が無体であろう。

「なんでぼーっと突っ立っているんだ。さっさと洗って帰らないと、上役に叱られるだろ」

少年は困惑したようにあたりを見回した。

「洗濯粉が、どこにあるのか、わからないので」

声変わりもまだの、幼く柔らかな声であった。

「初めてか。あんた、体は洗ったかい」

少年は首を横に振った。

「貸して。今日のところは私が洗っておいてやる。そっちの大きな桶で体を洗いな。放っておくと臭いが体にまで染みついてしまうよ。着替えたら、こっちに来な。ここのやり方を教えてあげる」

戸惑う少年の腕から寝具を取り上げ、大きな盥《たらい》を指さす。少年は小さくうなずいて、言われた通りにした。人前で裸になることに慣れていないのだろう。井戸に隠れるようにして服を脱ぎ、水音を立てる。

清潔な服に替えて戻ってきた少年は、自分が汚した寝具と寝間着を、洗濯女がすでに洗い終えていたことに驚いた。

「すごい。教えてもらうひまもなかった」

目を丸くして見上げてくる表情は、年相応に子どもらしい。その愛らしさに、凜々は笑みを誘われる。

「教えることはいっぱいあるよ。まず次に来たときに、あんたひとりだったら、どの桶や盥を使っていいか、洗濯粉はどこにしまってあるのか、干し場も決まっている」

どれだけ固く絞っても、ずっしりと重たい寝具を軽々と持ち上げる洗濯女を、少年は驚きと尊敬の目で見上げる。

東の空が白さを増し、早番の洗濯女たちや、少年と同じ事情で洗濯物を抱えてくる新米宦官がぽちぽちと現われる。そのころには、ふたりはひと仕事終えていた。

「ありがとう。あなたの名は」

少年の問いに、洗濯女はつかの間ためらったのち、素っ気なく答えた。

「醜女《しこめ》だ」

少年は目を瞠《みは》り、眉《まゆ》を寄せて言い返した。

「それは、名前ではない」

「ここでは誰もが私をそう呼ぶ」

「親につけられた名があるだろう」

見た目の幼さに反して、大人びた口調で話す少年だ。

「覚えてないね。親の顔も知らない」

ぶっきらぼうな洗濯女の口調に、少年は、はっとして口を閉ざした。少し間を置いて、気まずげに訊《たず》ねる。

「はじめから、そう呼ばれていたわけではないのだろう？　他の名で呼ばれたことはないのか。その渾名《あだな》はあなたにふさわしくない」

「死んだ主人には、阿塵《あじん》と呼ばれていた」

少年は顔をしかめた。自らの使用人を、ゴミだの役立たずだのと名付けるなど、少年の感性にはあり得ないことのようである。

「わたしがあなたの主人だったら、そんな名はつけなかったのに」

洗濯女はぷっと噴き出した。官奴の身で、誰かの主人であると想像するなど、面白い少年である。言葉遣いも立ち居振る舞いも、どこか世離れしているところから、落魄《らくはく》した官家か富貴の家の子であろうか。

「もしも、あんたが私の主人だったら、どんな名前をつけてくれるんだい？」

昇る朝日を受けた少年の頰に、思慮と興奮の笑みが広がる。

「あなたはとても姿勢がいい。洗濯みたいなつらい仕事をしていても、腰も背筋も伸びている。表情は厳しいけど行いは親切で優しい。さっき、空を見上げたときのたたずまいは、とても凜としていて、タチアオイのようだ。わたしが名付けるなら、『凜々』がいい」

凜々は不意に襲ってきた得体のしれない感情に、心臓を握り締められる痛みを覚えてうつむいた。相手の予想外の反応に、少年はうろたえて謝罪の言葉を探す。

「あ、気に入らないのなら、忘れて。あの、泣かないで。怒らせてしまった？」

涙をあふれさせながら、激しく首を左右に振る不器量なおとなの女は、少年の目にどのように映っただろう。

生まれてこの方、容姿や振る舞いを他人から褒められたことのなかった凛々は、自分の姿を花に譬《たと》えられたことにただ驚き、次に体が震えてきた。そして少年が発した『凛々』という音が耳の底に達したとき、体の芯《しん》から全身へとさざ波が巡り、涙をこらえることができず両手で顔を覆ってしまったのだ。

親が自分を人買いに売ったのは、貧乏からではなく、不器量な娘を育てることを拒んだからであったと聞かされても、そういうものかと思い込んだ。

不器量であるからこそ、立ち居振る舞いに気をつけるようにと厳しかった主人と死に別れてからは、来る日も来る日も、後宮の片隅で、いつか身も心もすり減るまで、毎日大量に湧いてくる洗濯物を洗い続けるのだと、信じて疑わなかった。

「いや、きれいな名だ。私にはもったいない」

「でも、わたしはあなたをそう呼びたい。いいだろうか」

「なんとでも、好きなように呼ぶといい。みなそうしているのだから。だが、その名で呼ばれるのが、一番気分がいいな」

「良かった。わたしはここでは小陶《しょうとう》と呼ばれている。字《あざな》はまだない」

少年が礼を繰り返して去った後も、凛々は一日中気分が良かった。

口の中で『凛々』という名を転がすと、心の奥から温かな喜びが湧いてくる。周囲の何が変わったわけではない。仕事はきつくて減らないし、上役はいつもと同じように苛《いら》立《だ》ちながら接してくる。同僚はみな凜々を『醜女』と呼び、力仕事を押しつけ、凜々はそれに応《こた》える。

だが、それがなんだ。あの美しい少年は、彼女を背の高い艶《あで》やかなタチアオイに譬えただけでなく、涼しく透き通った声で、『凜々』と呼ぶのだ。

小陶はそれから三度、寝具を洗いに浣衣局《かんいきょく》を訪れた。

二回目は、手荒れに効く軟膏《なんこう》を凜々に差し入れた。初めて会ったときの、凜々の手の荒れ具合に気がついていたのだ。あるいは、自身の経験から、洗い物は手が荒れることを知ったのかもしれない。

三回目は、手際よく自分の洗濯物を片づけ、凜々の仕事を手伝ってくれた。

そのころには、小陶が貧しさから親の手で刀匠に売られた少年宦官《かんがん》でないことを、凜々は察していた。物腰はかつて仕えていた主人や宮官たちよりも優雅で、驚くほど世間を知らないところもあれば、学識の深さが言葉の端々に滲《にじ》み出るところもある。

その後しばらくは、小陶の姿を見ることはなかった。夜尿が落ち着いて、寝具を濡らすことがなくなったのだろう。仕事に慣れてきて、忙しくなったのかもしれない。頭の良い少年であったから、周りに頼られて休む暇もないのではないか。

だが、凜々は落胆したりはしなかった。

小陶との語らいは、地上を散策するために舞い降りた、仙界の慈童と言葉を交わしたような夢心地の思い出として、胸の奥にしまっておけばよいのだと、凜々は納得していたからだ。

あの、品の良い形をしたほの赤い唇と、柔らかそうな舌の奏でる、『凜々』という透き通った音の連なりを、彼女はいつでも思い出せる。その声を思い出すたびに、胸の奥に温かな灯火《ともしび》がともる。


秋は深まり、早朝の洗濯も水の冷たさが厳しくなってきた。

吐く息の白さに凜々はこれから来る冬のつらさを思い、暗澹《あんたん》たる気持ちになった。西の空を見やれば、月が沈もうとしている。そういえば、あの美しい少年に会った日も、こんな残月が城壁にかかっていた。

「凜々！」

あたかも記憶の底から飛び出してきたかのような涼やかな呼びかけに、凜々は驚いて声のした方へと振り返る。

内官か公主と思われる、華やかな衣裳《いしょう》に身を包んだ美しい少女が、小さな菊の鉢植えを小脇に抱えて、艶然《えんぜん》と微笑んでいた。だがその面差しは、凜々のまぶたに焼き付いたひとりの少年のものだ。

「小陶？」

しばらくぶりとはいえ、ふた月も経っていない。それなのに、小陶の背は伸び、頬のあたりの輪郭が細く長くなっている。少年の成長は早い。だが、凜々が驚いたのは、その成長ぶりではなかった。

「その格好……」

小陶は身にまとった華やかな女官の衣裳を見下ろし、決まり悪げに微笑んだ。

「ああ、通貞は女装して内官に仕えるものらしい」

通貞とは、男女の交わりを知らぬまま宦官となった少年たちをいう。なかでも容姿に優れ、声の美しい者を選んで妃嬪《ひひん》らの宮殿に侍らすことが、後宮の女たちの慰めであった。

「凜々がどうしているのか、ずっと気になっていたのだけど、なかなかお仕えしている宮殿から抜け出せなくて。今日は昼から出仕すればいいから、やっと会いに来れた」

凜々は言葉もなくまじまじと小陶を見つめた。

声を聞かなければ、皇帝に仕える妃《きさき》であるとも思い違えただろう。高く結い上げた髪に煌《きら》びやかな簪《かんざし》をいくつも挿し、首をかしげるたびに歩揺《ほよう》が涼やかな金属音を奏でる。薄紫の絹を重ねた曲裾袍《きょくきょほう》と肩布は、天井画から飛天《ひてん》が抜け出してきたかのようだ。

「なんてきれいなお姫様かと思った。本当に、小陶なのね？　大事にされているのね」

小陶は形良く整えた眉を寄せた。すると額に描かれた梅の花鈿《かでん》が艶《えん》に歪《ゆが》む。頬に点じた赤い偽えくぼが添える愛嬌《あいきょう》はしかし、怜悧《れいり》な光を宿す瞳《ひとみ》とは調和しない。

「大事にされているかどうかは、議論の余地があるけど、凜々みたいに、重労働をさせられないだけ、ましだと思う。ただ、日がな一日、宮殿に座っているのも、退屈なものだ。焚《た》き込められた香につられてうたた寝でもしたら、棒で打たれるからね。ああでも、歌や舞の稽古《けいこ》は、けっこうきつい。朝になっても足がガクガクして立てないほど、同じ振り付けを繰り返し練習させられる。楽器の演奏では、指の皮が剝《む》けるまでやらされた」

そう言いながら、両手を広げて凜々の目の前に突き出し、固くなった指先を見せつける。小陶のしゃべり方も、笑みも、年相応の子どもらしい。短い人生の大半を後宮で過ごした凜々が、普通の少年というものを知るよしもなかったが、それでも小陶の話しぶりや態度は、後宮の女たちや年を経た宦官たちとはまったく異なっていた。

「上つ方のお仕えも、一筋縄じゃいかないでしょう。洗濯は大変だけど、少なくとも粗相や失敗でお妃方を怒らせて、首が飛ぶことはないからね」

「そうだね。宮殿のお勤めは、薄氷の上を歩くが如しだ」

「薄い氷の上を歩くのは、そりゃ怖いね」

艶やかに女装していても、少年のもつ気高さや凜々《りり》しさは損なわれていない。むしろ、着飾った同じ年頃の美少女よりも、妖《あや》しい魅力を放っていた。異形の美と言ってもいい。男でも女でもない通貞を着飾らせて芸事を仕込み、宮殿の生きた飾りとするのも、そうした幻想美を添えるためなのだろう。

小陶は表情を改めた。ふと、そのなめらかな白い肌に一枚の膜がかかったように、親しげな空気が遠ざかる。

「凜々、ここの人々はまだ、あなたをあの渾名《あだな》で呼ぶの？」

うなずく凜々の口元からも笑みが消える。小陶は真剣な面持ちで凜々を見つめ、厳かな空気をまとう。

「いつか、誰もがあなたを『凜々』と呼ぶ日が来る。わたしが約束する」

そんな日が来ようと来まいと、凜々にとってはたいした問題ではなかった。この少年がその名で自分を呼んでくれるというだけで、凜々はもう充分に生まれてきて良かったと思えていたのだ。

「どうして、私のような者を、そこまで気にかけてくれるのですか」

ずっと年下の少年に、凜々はかつて仕えていた主人へ向けていたのと同じ言葉遣いで問いかける。

少年の年に似合わぬ落ち着きや威厳、隠しきれぬ教養を見れば、官奴に落とされる前は、凜々の旧《ふる》い主人よりも高い家柄の生まれだったと推し量れる。この若さで罪に問われたとは思えないことから、おそらく一族が断罪され、巻き添えとなったのだ。

このような巡り合わせでなければ、親も知らぬ奴婢《ぬひ》の凜々とは、口を利くことも目を合わせる縁もなかったはずである。

凜々の問いに、小陶は生真面目な表情になり、眉間《みけん》に皺《しわ》を寄せて言葉を探した。そしてすぐに柔らかく微笑んだ。

「凜々は、わたしが後宮に放り込まれて初めて、親切にしてくれた人間だ。もし凜々に出会わなかったら、わたしはこの世を地獄だと思い定めて、誰も彼も恨んで生きなければならなかった。ところが、長く後宮にいて理不尽な扱いを受けているのに、自分よりも弱い立場の人間に優しくすることのできる凜々に出会った。凜々に庇《かば》ってもらったり、洗濯の仕方を教えてもらったりした通貞は、わたしひとりではないことも、ひとから聞いた。凜々はとても親切で、そして公正な人間だ。だからわたしは――」

小陶は一歩進んで、背の高い凜々を正面から見上げた。

「凜々を見習わねばと、思ったんだ」

そう言って、小陶は脇に抱えていた菊の小鉢を差し出した。

「これ、凜々にと思って、育てた。受け取ってくれると嬉《うれ》しい」

まもなく、重陽であった。重陽の節句に菊を贈答するなど、自分には無縁の習慣だと凜々はずっと思っていた。

少年の言葉と、菊の鮮やかな黄色い花弁に、凜々は目頭が熱くなるのを覚えてふいと横を向いた。自分よりも年下の、それも女装している少年に褒められて、凜々はどう反応してよいかわからなかった。

初めて会ったときは、姿勢と容子《ようす》を褒められ、いまは内面を賞賛されている。

凜々の姿勢について、誰にも言われたことのない褒め言葉は、この半年あまり聞き慣れた子守歌の旋律のように、絶えず頭の中で繰り返されてきた。今日、それにまた感謝を込めた賞賛を浴びせられたのだ。

「からかわないでください。私は取るに足らぬ婢女《はしため》です。若様のお言葉はもったいない」

親から引き離され、おとなと変わらぬ労働を背負わされて夜具を濡《ぬ》らしてしまう少年たちを、凜々は邪険にできなかった。貧しさのために宦官《かんがん》になった子も、高貴の身から罪を得て官奴に落とされた子も、どちらもろくに自分の洗濯などしたことはなかっただろう。凜々は、自分にできることを教えて、かれらの重荷をわずかだけ軽くしてやることしかできなかった。

菊の小鉢を受け取ろうとしない凜々に、小陶はどこか諦観《ていかん》を漂わせた笑みを浮かべる。

「わたしは年端もいかぬ子どもだけど、人間の内側に秘められた本質は嫌というほど見てきた。教養はあっても品格が伴わない人間は多く、人柄の善し悪しは身分の上下では測れない。強い者が弱い者を虐げることを当然とするこの世で、凜々を知ることができたのは、瓦礫《がれき》の中で珠玉を見つけ出したことに等しいとわたしは思う。わたしも凜々もいまは無力だが、いつか互いの役に立てるときが来ればと思う」

そんなときが、果たしてくるのだろうか。いつか成長したこの少年が迎えにきたとき、自分に何ができるというのだろう。凜々は泣きそうになって微笑む。

「私ごときが若様の役に立てる日が来るなど、想像もできませんが、洗濯女が必要でしたら、いつでも呼び出してください」

後宮は恐ろしいところだ。凜々のいる最下層も過酷な労働を強いられる地獄だが、上に行けば、妃たちは皇帝の寵《ちょう》を争って互いの足を引っ張り合い、宦官たちは権力を奪い合って陰謀を巡らす、魑魅魍魎《ちみもうりょう》の跋扈《ばっこ》する世界であるという。

この聡明《そうめい》な少年は、やがてはそうした闘争の渦に巻き込まれてゆくのだろう。そのとき凜々は、己の命の他に差し出せる何かを具《そな》えているだろうか。


それからも月に一度か二度、少年は浣衣局《かんいきょく》に顔を出した。手ぶらで、ただ顔を見に来たのだとうそぶく日もあれば、内官や宮官に贈られた簪を凜々にと持ってきたこともある。

「くださった方に申し訳ないですよ。それに、私のような者に装飾品など、それこそ豚に真珠というものです」

「凜々、自分を卑下するような物言いはよくない。装飾品は年齢や性別、美醜は関係ない。白髪の老人だって、金銀細工の立派な小冠を、薄くなった頭に載せて威張り散らしているじゃないか。身を飾るのは、人間の本能みたいなものだ」

小陶は頭頂へ持ち上げた掌《てのひら》を、滑稽《こっけい》な仕草でくるりと示した。凜々は着飾った老人の仕草をまねる小陶の演技に、思わず笑ってしまう。

「凜々としては、いまは必要ないかもしれないが、持っておけばいつか役に立つ。装飾品は身を飾るだけではなく、財産にもなるからね。病にでもなれば、それで治療費がまかなえる。それに――」

小陶は珍しく口ごもり、少し頬を赤らめて微笑する。

「幼なじみの女子がよく言っていた。簪《かんざし》や花を飾るのは、他人に見せるためじゃない。きれいなものを身につけると、自分が美しいものの一部になった気がして、楽しくなるからだそうだよ。そのときはよくわからなかったけど、大家《ターチャ》にお目見えする機会のない宮官までが、衣裳《いしょう》の色柄や化粧にこだわるのを見ていて、なんとなく理解できるようになった」

老成したところのある小陶の、ときおり見せる年相応の少年じみた表情が、凜々を微笑ませる。

「容姿も教養も人より優れておいでで、しかも女心までおわかりになるのでは、やがて後宮じゅうの女たちが若様に夢中になる未来が目に見えるようです」

小陶は凜々の感嘆には応《こた》えず、口元だけに苦笑を浮かべた。

実際、小陶は女官たちの間で人気があったのだろう。ふらりと凜々のもとを訪れるときは、簪だけではなく珍しい果物や菓子、珍味とそして細工の美しい小間物を手土産に持ってきた。

凜々が遠慮すると、

「通貞が六人も同居する雑居房には、置く場所がない。なくなったらなくなったで誰かを疑うのも気が滅入《めい》る。捨ててしまうよりは、凜々が役立ててくれればその方がいい。金に換えて将来に備えたり、同僚に振る舞ったりすれば仕事も楽になるだろう」

と、世慣れたことを言う。

まだ温かい料理や菓子の詰め合わせも、懇意にしている尚食《しょうしょく》の宮官がくれたものだという。同僚の通貞に振る舞わないのかと凜々が訊《たず》ねれば、「たまにならいいけど、いつもいつもだとかえって嫉《そね》まれる。わたしだけが特別扱いだと言ってね」

十三か四で、ずいぶんと神経を尖《とが》らせていなければならないものだと、凜々は同情した。

提盒《おかもち》から取り出した羹《あつもの》には、なにやらプルプルとした半透明な物体とクコの実、棗《なつめ》が入っている。匙《さじ》ですくって口に入れると、甘くてなめらかな舌触りだ。それでいて半透明の何かは思いがけなく弾力があった。

「白木耳《しろきくらげ》だそうだ。肌が美しくなるから、内官たちは毎日のように食べるらしい」

小陶が陶公子と呼ばれて、後宮の女官たちからもてはやされていることを、凜々は人伝《ひとづて》に聞いて知っていた。月に数えるほどのやりとりでも、小陶が浣衣局を出入りすれば人目を引く。それこそ掃きだめに鶴といった風情だ。凜々を冷やかす者もいたが、むしろやっかみから「身の程を知れ」と非難する声の方が多かった。

特に古参の女たちから、ひどく罵《ののし》られる。

「陶公子があんたみたいな男女《おとこおんな》を相手にするはずがないじゃない」

「不細工な女に憐《あわ》れみをかけているだけよ。誰にも相手にされない人間って、優しくされると舞い上がって、言いなりになるからね」

そのように揶揄《やゆ》する古参は、容姿に劣る凜々に対して嫉妬《しっと》するほど小陶に憧《あこが》れを抱いているはずなのに、その同じ口で小陶の人格を中傷していることに気づかない。それに、凜々は誰にも相手にされなかったわけでも、優しくされたことがなかったわけでもない。

凜々の旧主は、凜々が容姿のために有利な結婚ができないであろうことを案じて、後宮に連れてきた。世間体や男たちの審美評定と関わりのない後宮の下働きであれば、刺繡《しゅう》や機織りといった技能を伸ばすことで、穏やかな暮らしが立てられると考えたのだろう。

しかし、凜々の太い指では、細やかな刺繡の柄を縫い込むことはできず、人並みの技を仕込もうと意気込んでいた旧主はなんどもため息をついた。さらに織機は背の高い凜々には扱いづらかった。猫背と腰痛に苦しむ凜々に、旧主は自腹で鍼《はり》医を招き、薬を調合させた。

御殿の片隅にある宮舎で、他に頼る者もいない年若い主従は、肩を寄せ合って日々を送った。男に生まれていればと揶揄される凜々の体格と朴訥《ぼくとつ》な面差しは、むしろ揺るぎない安心感を旧主にもたらしていたのだろう。小陶に褒められた凜々の姿勢の良さは、旧主のしつけの賜《たまもの》であった。

手作業に疲れた旧主は、凜々の肩にもたれてうたたねをするのが好きだった。

思い返せば、凜々にとってはあの頃が一番、安寧と穏やかさに満たされていた日々であった。旧主だけではない。与えられた仕事を、淡々とこなして毎日を送る他の宮官たちの間でも、力仕事を頼める凜々は人気があった。男のいない、異性といえば年を経たみすぼらしい浄軍《じょうぐん》宦官しか見かけない世界で、背が高く声も太い凜々の気を引こうとする宮官や女童は少なくなかったのだ。

後宮に上がって数年が経っても、凜々は旧主の期待に応えられず、後宮の女官に必要な技能を習得できなかった。旧主が急な病で世を去ったのち、凜々は官婢の身分として不浄の衣を洗う浣衣局に回されてしまった。だが、水の冷たさと手荒れのつらさを除けば、体力のある凜々にとって、この部署は適所であった。仕事が早いので余裕が生まれ、同僚を助けて感謝されたり、現場作業の段取りを任されたりするうちに、上司から信頼されるようになった。

旧主に細やかなしつけを受けたお蔭《かげ》か、要領の悪い者たちの世話が苦痛ではなく、小陶を手助けしたように、途方に暮れる新米宦官を指導して顔が広くなっていく。

そうしたこともあって、小陶とのかかわりをやっかむ同僚たちの非難は、意に介する必要のない凜々であった。

小陶もまた、凜々を訪れるときに周囲の人目をまったく気にかけなかった。物陰に隠れて呼び出すなどということもない。何かのついでに立ち寄ったという風情で、凜々の近況を軽く訊ね、すぐに立ち去る。色恋とは無縁な、気安い知人以上の関係ではないことは、人並みの観察眼さえあれば察せられる。

それゆえに、凜々は自分自身の想いを封印しなくてはならなかった。

不器量でしかも六つは年上であるし、生来の身分も違う。月に恋慕する蝦蟇《がま》だなどと揶揄した同僚もいた。初対面では、凜々の胸のあたりまでしかなかった少年の背丈は、あっというまに肩を超えた。薄暮のなかで見た薄い背中と細過ぎた肩は、いまでは幅も厚みも増し、出会った頃の名残りすらない。

声も子どもの甲高さを失い、落ち着いた話し方には深みが加わり、生来の気品に威厳すら感じさせる。何年も成人男子というものを目にしていない凜々だが、小陶は他の宦《かん》官《がん》には見られない男らしさを漂わせるようになってきた。

噂によれば、小陶はいつの間にか皇太子の側近に取り立てられたらしい。字《あざな》も玄月と名乗るようになり、将来有望な若手宦官として、皇太子の信頼も篤いという。

同じ後宮に住みながら、もはや天と地ほども世界の異なる玄月が凜々に会いに来るのは、そんな気の張る宮殿暮らしから逃れて、息を抜くためであろう。賢そうな少年ではあるが、まだ親が恋しい年頃のはずだ。薄氷を踏むような宮中の人間関係や仕事から離れ、利害関係も上下関係もない相手と話したくなるのも無理はない。

そして、あの少年は天性の狡猾《こうかつ》さで、凜々が自分に魅了されていることを知っている。凜々が決して裏切らないことを、よくわかっているのだ。裏切るも何も、凜々はなにひとつ、彼にとって都合の悪い話は知らないというのに。玄月は仕える宮中のことは、ほとんど話題にしたことがない。皇太子の側近になったことも、凜々はひとの噂で知った。

玄月が凜々を女としては見ていないとしても、会うたびに成長していく少年に、凜々が魅了されずにいるのは不可能なことだった。姿を見れば胸がときめくし、声を聞けば心が躍る。殿上に仕える玄月が、このような塵界《じんかい》に凜々を訪ねてくることに、優越感を覚えるなという方が無理であった。

いつしか、上司も同僚も、凜々を「醜女《しこめ》」ではなく「凜々」と呼ぶようになっていた。親の顔も名も知らぬ凜々は、姓名を訊《き》かれたときは旧主の姓である「林」を名乗ることにしていた。「林凜々」という響きはとても音楽的で、凜々の内面に秘められた優しさと響き合う。

## 再会

皇太子陽元の成人の儀が執り行われたということで、宮中に酒と料理が振る舞われた。凜々のいる浣衣局《かんいきょく》にも、二樽《たる》の白酒と薄紅の餅《もち》、干し海老や卵を多用した祝い料理が運ばれてきた。

「凜々さんのいい人も、出世確実ね」

凜々に懐《なつ》いている若い婢女《はしため》が、杯を並べつつからかう。好奇心を剝《む》き出しに寄り集まってくる娘たちを、凜々は厳しい顔でたしなめた。

「そんな失礼なことを言ってはなりません。陶公子は、新米時代に困っていたところをお助けしたのを恩に感じて、いつまでも忘れずにいるだけ。義理堅いお方なのですよ」

「でも、凜々が助けてあげた通貞はたくさんいるのに、いつまでも差し入れを持って訪ねてくるのは、陶公子だけですよ。特別に思われているということではないの？」

玄月の噂がしたいらしく、しつこく話を引き延ばそうとする。

「そうだとしても、私ごときの『いい人』なわけがないでしょう。官婢にされた陶家の女子を捜すのをお手伝いしたこともあるから、なおさら恩に着ておられるの」

このころには、凜々は玄月が官家の御曹司という生まれから、いかにして官奴の身分に落とされたか、本人以外の口が流す噂を聞いて知っていた。

陶一族は数年前に宗家の主《あるじ》が弾劾され、大半の親族が処刑された。死を免れた者たちは官奴に落とされ、男子は宮刑に処された。分家の傍流に過ぎなかった玄月の父、陶名聞大官もまた、皇太子の学問の師という地位を降りて、自決か自宮かを選ばなくてはならなかった。

師父を慕っていた皇太子陽元は、陶名聞に宦官となり、身近に仕え続けるよう命じた。名聞のひとり息子、そのとき十二歳であった陶公子もまた、父の選んだ道に従い、通貞となった。

陶名聞は術後の回復に時間がかかり、出仕が遅れた。そのため一足先に後宮入りしていた玄月は、半年から一年近くの間、父親の消息もバラバラになった家族の行方も、知ることがなかったという。

陶名聞は、皇太子の要望によって、東宮に仕えることが決まっていた。玄月もまた父親と皇太子の庇護《ひご》が約束されていたが、父親がながく床に伏せっていたために、見習い期間を終えたのちは、ありふれた通貞として後宮に放り込まれたのだ。

官家落ちと称される名門出の宦官は、そうでない新米宦官よりも悲惨な新人時代を送ることになると言われている。自宮によって長らえた命を、誰もが口を閉ざすような辱めに耐えきれず、自殺で落とす者も少なくない。

富裕階級を妬《ねた》む貧民層出身宦官の嫌がらせや虐待も過酷なものがあると聞くが、なによりも、それまで官僚階級が蔑視《べっし》していた『宦官』という存在にされたことで、本人の持つ自尊心が現状に適応できないまま、孤立して自らを追い詰めていくのかもしれない。

そういう意味では、父親の庇護を得られないあいだ、玄月が自己を失うことなく後宮を生き延びることができたのは、希有《けう》な幸運であったのではないか。凜々と玄月の居場所は遠く離れているので、たまにふらりと現われ、そのたびに背が伸び顔つきも変わっていく少年の一面しか、凜々は知らない。いつ顔を見ても、かれの姿勢は正しく、表情には知性と品があった。凜々の周囲にいる宦官は、態度と表情、そして行動も卑屈な者ばかりだ。玄月という人間は、凜々にとってはまったく別の世界の存在であった。

陶名聞の息子が後宮入りしたことを知らずにいた皇太子に見いだされるまで、玄月が後宮のどこでどのように暮らしていたのか、凜々は知らない。玄月が自ら語ることはなかったからだ。

ただ、濡《ぬ》れた夜具を洗ってやり、洗濯の方法や道具の使い方を丁寧に教えてくれた凜々を、いつまでも忘れずに顔を見に来ては差し入れをするくらいなのだから、たったそれだけの親切が骨身に沁《し》みるような経験を、多感な時期に重ねていたのだろう。

凜々は、あの夜明け前の洗濯場で、寝具を抱えて呆然《ぼうぜん》と立ち尽くす少年の細い肩を思い浮かべた。名門官家に生を受け、神童と讃《たた》えられた少年が、身内から引き離されてただひとり、寝具を濡らして途方に暮れ、かつては唾棄《だき》すべき存在と刷り込まれてきた宦官から与えられる体罰を怖れていた。

どこかへ消えてしまいたいほどの屈辱ではなかったか。

凜々は、たまたまその場にいただけだ。少年の尊厳を傷つけるようなことは何も言わず、ただの子どもとして接し、一抱えもある寝具を洗ってやった。そして、この先ひとりでもできるよう、彼女が知っていることを丁寧に教えた。

井戸のそばで途方に暮れていた、幾人もの新入り通貞たちにそうしてきたように。

むかし、人の手から手へと売り渡されるたびに、見た目を嘲笑《ちょうしょう》されて、自分が誰なのか、人間としての自覚すら定かでなかった凜々に、旧主がそうしてくれたように。

「特別なのは、陶公子だったということね。美貌《びぼう》と太子殿下の寵《ちょう》を鼻にかけたりせず、過去の恩顧を忘れない義理堅いお方。凜々は得がたい縁を得たものよ」

凜々の回想を遮るように、同僚は話を続ける。凜々は否定しなかった。

皇太子が養母の皇后宮を出て、東春宮へ移り住んだといっても、凜々のいる後宮の片隅では、いつもと変わらない日常が続いている。ただ、月に二、三度は凜々を訪れていた玄月の姿を、もうひと月近く見なくなったことを除けば。

長く主のいなかった東春宮の御殿は、新しく募った妃嬪妻妾《さいしょう》や、彼女らに仕える女官と宦官も増え、皇太子の側に仕える玄月はさぞかし忙しい日々を送っていることだろう。凜々に好意的な同僚は、皇族の側近の忙しさを口にして慰めるが、妬む者は「太子殿下にお願いして、お引き立てもしてくれないのね」などと嫌みを言う。

凜々自身は、誰もが唾棄し出て行きたがるこの部署から、抜け出したいと思ったことはなかった。美しい女たちであふれる妃嬪の宮殿に勤めたところで、男のような容姿を嘲《あざけ》られ、どうしておまえのようなものが後宮に入れたのかと、以前のように揶揄《やゆ》されるだけだ。かといって、後宮を出ても身を寄せる家もなく、頼りになる親戚《しんせき》も友人もいない。見た目がどうでも、凜々は世間を知らない若い娘であり、人買いに邪険にされた記憶しかない外の世界になど、とても恐ろしくて出ては行けない。

それに、人間の入れ替わりの激しい浣衣局では、一年も過ぎれば古参として融通の利く立場になる。使うあてのない給金は貯まる一方で、将来の不安もいまのところはない。凜々はいまの自分のありようを身の丈に合ったものと受け止め、満足していた。

数日後、久しぶりに顔を見せた玄月は、華やかな衣裳《いしょう》の裾《すそ》を翻して駆け寄ってきた。

「凜々」

こころもち冷静を失った響きで名を呼ばれ、凛々は洗濯物を干す手を休めて、小さな目を見開いて驚きを表す。動揺を隠せない、あるいは途方に暮れたかのような眼差《まなざ》しの玄月は、濡れた夜具を抱えていた初対面のとき以来である。

「なにか、あったのですか」

東春宮で困ったことが起きたのだろうか。皇太子を怒らせたり、同僚と揉《も》めたりということでは、凛々のもとへ来るはずもない。玄月は周囲をはばかるように視線を配り、他人に立ち聞きされない小路へと招き寄せた。こんなことは未《いま》だかつてなかった。

凛々は周囲の好奇の視線を振り切るようにして、玄月のあとを追った。

浣衣局を出ていくつか岐路を曲がり、高い壁に挟まれた細い連絡通路を抜けて、城壁へと続く階段を上がる。凛々はこれまで、後宮の片隅とされている自分たちの職場が宮城のどのあたりにあるのか、具体的な知識はなかった。この日、幾重にも壁に囲まれていると信じていた城壁をひとつ登りきっただけで、玄月の背の向こうに、地平まで広がる帝都の町並みと、後宮の全容を見晴るかすことができた。

凛々は息をきらして訊《たず》ねる。

「勝手にこんなところに登っても、よいのですか」

心臓がどきどきするのは、長い階段を急ぎ足で上ったせいだけではない。初めて目にする都の繁栄と外界の果てしなさよりも、玄月とふたりきりであることに緊張を覚えたからだ。

「城壁に登る許可を得た者は、限られている」

凛々の問いに、玄月は腰に下げた佩玉《はいぎょく》を示して、息をきらしたようすもなく応《こた》えた。

佩玉はその色と材質、そして大きさで持ち主の身分と地位を示す帯飾りだ。玄月はその佩玉で、後宮を自由に歩き回れる立場にあるのだろう。

その玄月の声音は子どものように高く、いつもの深みのある落ち着きを欠いていた。

「どうして、こんなところに、連れてきてくださったのですか」

余計な期待を持つまいと、凛々は自分の鼓動を聞かないふりをした。玄月はひどく困った表情で凛々を訪ねてきたのだ。ほかの人間を頼れない相談ごとに違いない。

玄月は城外の町並みに背を向け、城壁に背を預けて中腰になり、膝《ひざ》に両手を突く。風に乱れた後れ毛の横で、歩揺が涼やかな音を立てる。

「困ったことになった。どうしたらいいかわからない」

石畳に向かって吐き出した言葉に、凛々はどう応えたものか戸惑う。すでに殿上に仕える身となった玄月の抱える悩みを、凛々にどう解決できるというのか。

だがすぐに、凛々は玄月が解決や助けを求めて来たわけではないのだと自答した。誰にも言えない苦しみを吐き出せる相手として、凛々が選ばれたのだ。凛々は玄月の正面に膝をついて、青ざめた顔を見上げた。

「なにがあったのか話してください。私では力になれるかどうかわからないけど。話を聞くだけでもよければ」

玄月はますます青ざめて、かすかにうなずいた。はじめからそのつもりで来たのだろう。膝を握り締め、食いしばった歯の間から押し出すようにして息を吐き、ようやくぽつりとつぶやく。

「どうしていいのかわからない。こんなことは初めてだ」

そうして、また黙り込んでしまった。どのように話せばよいのかもわからない、という風情で、口を開いては閉じ、嘆息してはまた考え込む。

凜々は辛抱強く待った。ようやく顔を上げた玄月は、意を決して話し始める。

「わたしの許嫁《いいなずけ》が、太子の後宮に入ってきた」

「え？」

凜々は思わず訊《き》き返した。まったく状況がつかめない。

「いや、元許嫁というべきだ。陶家が断罪されたときに、婚約も解消されたから、もはや許嫁ではない。ただ、彼女の家柄なら内官として入宮できたはずなのに、なぜか一介の宮官となって、位の低い内官の世婦《せいふ》に仕えている。月香の実家とその世婦の家格は同じくらいだから、どういういきさつでそうなったのか――」

「ちょっと、待ってください。玄月さまには、結婚を誓ったお相手がいたのですね」

凜々はそこから確認したかった。声変わりすらまだであった童子のときに後宮へやってきた玄月に、すでに婚約者がいたというのか。

「わたしが十歳のときに、双方の親が決めた許嫁だ」

そう言ってすぐに、玄月ははっとして額に手を当てた。

「月香はわたしよりも年下だから、まだ十五にはなっていないはずだ。どうやって宮官の資格を得たのだろう」

「つまり、玄月さまの許嫁であった、しかるべき家柄のお嬢さまが、年齢が満たないのにもかかわらず、宮官として東宮の御殿に出仕なさっている、ということですね」

玄月はうなずき返した。そういったことも、順序だって凜々に説明できないほど、玄月は狼狽《ろうばい》しているらしい。

それにしても――そんな小さなころから結婚相手が決まっていたとは――と、凜々は啞然《あぜん》とする思いだ。官家とはそういうものなのだろうか。

「月香は、いったいどういうつもりなんだ」

途方に暮れたさまに、凜々はいつものおとなびた玄月の態度が、ずいぶんと背伸びをしてきたものだと知る。

「月香さま、とおっしゃるのですね」

凜々は念を押した。

「内官として、東宮のお妃《きさき》になるために入られたのでなければ、玄月さまを追っていらしたのではありませんか」

玄月の首筋と頰がさっと赤く染まった。しかし、それが恥じらいや喜びではなく、怒りであることが、次の叫びであらわになる。

「そんなことをして、どうなるというのだ！」

「玄月さま？」

両手を膝の上で固く握りしめて、玄月は断言する。

「陶家は終わったんだ！　わたしは月香の夫にはなれない」

十四や五の少年が懊悩《おうのう》するには、結婚はとても不釣り合いな悩みという気が凛々にはしたが、玄月は真剣である。

「でも、妻《めと》を娶った宦官《かんがん》はいるではありませんか」

「そんな宦官は、ほんの一握りだ。それもうんと長く勤めて、よしみになった宮官との仲を認められたときだけだよ。月香をそんなに待たせられない。わたしのことなんか忘れて、いい家に嫁いで、子どもたちに囲まれて、ふつうに生きてくれればよいのに」

固く握りしめた両手をじっと見つめて、玄月はつぶやく。

少年が怒りと哀しみをその拳《こぶし》の中に握り込んで押し潰《つぶ》そうとしている姿に、凛々は腹のあたりで生温かいうねりが生まれるのを感じた。その感情は、同情や憐憫《れんびん》よりも、歓喜に近い熱を帯びていた。その熱のうねりは胸へと高まり、たちまち頬へと打ち寄せる波となって、口角を押し上げようとする。

この少年は、いまだかつてないほど傷ついているのだ。

官奴に落とされた屈辱を顔に出したこともなく、寝具を濡《ぬ》らした恥辱も孤月のように静かな面の下に押しとどめていた少年が、いまこのとき、ひとりでは乗り越えられない苦悩に、己を失わないためにすがりつく一本の葦《あし》として、凜々を選んだのだ。

なんという身に過ぎた栄誉だろう。

凜々は深く傷ついた少年の前で微笑む姿を見られまいと、両手で顔を押さえた。

いままで出会ってきた通貞の多くは、官奴にされた身の上を嘆き、つらい仕事の愚痴や残酷な上役の悪口を吐き出してきた。家族を恋しがり、運命を恨み、心と体の傷をさらけだして、凜々たち洗濯女から引き出せる慰めや同情を、その傷口に塗る軟膏《なんこう》とする。だがかれらは、後宮の掃きだめにいる女たちのことは、すぐに忘れてしまう。覚えているとしたら、己の弱さをさらけ出したことへの羞恥心《しゅうちしん》と、自分の醜態を知っている凜々たちへの嫌悪感ばかりだ。だから、かれらは後宮の生活に慣れてゆくほどに、凜々を避けるようになる。

いっぽう、玄月は初めて会った朝も、たびたび訪れたときも、自身のことはほとんど語らなかった。凜々に元気かと訊ね、天気の話をし、あたりさわりのない近況のほかは、たわいのない会話のなかで覚えていた凜々の好物を持ってきてくれる。

一度だけ、後宮のどこかにいる家族の消息を捜していると、相談されたことがあった。不浄の備品や洗い物を引き受ける浣衣局《かんいきょく》の奴婢《ぬひ》は、洗濯物の回収や配達のためにあちらこちらの部署を回ることから、玄月の親族を見かけたら教えて欲しいと頼まれたのだ。

宗家の罪に連座させられ官婢に落とされた女たちが、妃嬪《ひひん》の宮殿に配属されることはない。人形のように着飾らされた玄月が捜し回れば目立ちすぎ、要らぬ面倒を起こすだけだ。

凜々はすぐに行動を起こした。短くない後宮生活のなかで培った人脈をたぐり、足を運んで機織室や染色局、厨房《ちゅうぼう》など奴婢が多くいる殿舎を尋ね歩いた。

凜々の調べはすぐについた。

陶夫人はすでに、夫の陶名聞の予後を看病するために、官婢の役を免じられて家に帰されていた。母親が息災で父とともに実家にいることを知った玄月は、安堵《あんど》の笑みを浮かべた。凜々にとっては、その喜ぶ顔を見ることができただけで、過分の報酬であった。

その後も、玄月の姉や親族の女たちの配属先へ、差し入れや手紙を運ぶ役を引き受けもした。陶名聞が出仕し、玄月が皇太子の宮に移った後は、陶家の女たちは異動したり実家へ帰されたりしたという。

それを官家落ちの特権と妬《ねた》む者も少なくはないが、凜々は玄月が嬉《うれ》しそうにしているのを見ることさえできれば、それでよかった。

そして玄月は、官家の総領息子が宦官に落とされた絶望など、ひと言も口にしたことはなく、態度に出したこともない。自身の不幸よりも、離散した親族の健康と消息を気にかけていた。

まだ、親の庇護《ひご》下にあるべき年頃であるのに。

その玄月をこのように怒らせ、悲しませる月香という少女への羨望《せんぼう》で、凜々は胸が苦しくなる。だが、不思議と嫉妬《しっと》の念は湧いてこない。

「世間の話や、物語では、許嫁は親同士が決めたことで、本人たちは結婚するまで相手のことはよく知らないものだと聞いています。ですが、玄月さまと月香さまは、互いに相愛のように見受けられます。浅からぬ縁なのではありませんか」

うつむいていた玄月は、上目遣いに凜々を見上げた。拳で強く押さえつけていたために目とまぶたが赤くなっていたが、涙のあとはない。

「月香がいなければ、わたしは童試《どうし》に合格することはできなかっただろう。童試に落ちて両親と親族の期待を裏切るのではないかと不安になり、学問が思うように進まなかったとき、月香は何も求めず、ただそばにいてくれた。三日にあげずわたしの離れに季節の花と菓子を抱えて訪れ、家の者の目を盗んでは、外へ連れ出してくれた。わたしはそれまで、父の供として外出するほかは、勉強部屋から出ることがあまりなかった。月香は、外には学問よりも面白く、興味深いことがたくさんあることを、教えてくれた」

かすれた声でかすかに微笑みつつ、つぶやくように告白する少年の眼差《まなざ》しは、過ぎ去った過去を眺めている。月香という少女の面影を追っているのだろう。

「とても美しいお嬢さんなのですね」

はらわたのよじれる思いで、凜々は問うた。玄月は首をかしげて、ふっと笑った。

「可愛かったことは覚えているけど、美しいかどうかはよくわからない。姉さんは、背が高すぎるとか、顎《あご》が尖《とが》っていて品がないとか言っていた。わたしはちっとも気にならなかったけどね」

先ほど感じた嫉妬が、あっさりと融《と》けてしまうほど、凜々は拍子抜けする。そういえば、玄月が外見の美醜についてどうこう言うのを聞いたことがない。その一方で、他者の人柄や能力についてはよく見ていて、美点を見つけると躊躇《ちゅうちょ》なく褒める。

「では、とても気の合うお嬢さんだったのですね」

少し間をおいて、玄月は「うん」とうなずいた。

常におとなびた落ち着きを保ち、本心をのぞかせない玄月が見せた正直な感情と、少年じみた仕草に、凜々は胸の真ん中をぎゅっと摑《つか》まれたように息が止まる。

凜々自身が、玄月に対する感情がなんであるのか結論できずにいた。恋慕とするには相手を穢《けが》すのではないかという畏《おそ》れが先に立ち、執着することを畏れて近づく勇気もない。

高嶺《たかね》の花をただ見上げて眺め、そこにあることを確かめては満足する。なくなってしまえばひどく心をかき乱されるであろうけども、だからといって自分のものにするには、この塵芥《じんかい》にまみれた手はふさわしくない。

身の程をわきまえぬ横恋慕ほど、醜いものはない。

はじめから、男と女の関係など期待していなかった。

少年には、自分と出会うずっと前から、来世をも約束していた相手がいたのだ。

天涯孤独と思い定めたこの身だが、すべてを捧《ささ》げてでも幸福な笑顔を見たいと思える人間に出会えた。

それだけで、充分ではないか。

凛々は玄月の目をじっと見つめて静かに諭した。

「妃候補《きさき》の内官ではなく、年をごまかしてまで宮官として後宮に乗り込んできた月香さまの目的は、玄月さまとの再会をおいて他にありません。玄月さまも、月香さまに心を残しておいでなのですから、このご縁はまだ続いているのです。望みを捨てないことです」

絶望と惑乱に染まった玄月の瞳《ひとみ》が、すがりつくように凛々を見つめる。

なんとしても、引き裂かれた恋人たちを添い遂げさせたい。

旧主が見いだし育てた凛々の美点を初対面で見抜き、美しい名を授けてくれた恩を、凛々はようやく返せる。

玄月が凛々にもたらしたものは、たったひとつの杖《つえ》であった主人を失い、誰からも蔑《さげす》まれて失われてしまった、彼女自身の尊厳であった。恋情や愛憎では量ることのできない、魂の根源だった。命の借りにも等しい恩を、どうして返さずにいられるだろうか。

「まずは、月香さまのお気持ちを確かめなくてはなりません。とはいえ、無官の通貞が内官の侍女に近づくことは、無用の誤解を招くことになります。とくに、玄月さまのお振る舞いは、御殿でも注目の的なのではありませんか」

玄月はためらいつつうなずいた。

生まれの身分の高さと、人並み外れた美貌《びぼう》、神童ともてはやされた過去と、それにふさわしい学識、うかつに侮《あなど》ることのできない威厳をまとわせた十四、五の少年の行動は、それはそれは目立つことだろう。

凜々は口元を引き締めて断言した。

「ことは慎重に進めましょう。月香さまのことは、私におまかせください」

「ありがとう、凜々。自分が動くと、よくないことが起きる気がして、どうしたらいいのかわからなかった。月香を傷つけたくないと思えば思うほど、考えがまとまらなくて。凜々を頼っていいのか迷ったけど、話せて良かった」

年齢相応に悩み困って途方に暮れたこの少年を、凜々だけが知っている。

凜々はおよそ味わったことのない至福を、このとき味わっていた。

娘子兵・林蜀葵《しょくき》

官奴に与えられた自由度は、所属する部署によって異なる。玄月の姉がいた尚服《しょうふく》の刺繡《しし ゅう》工房は、工房と官舎の往復で外出の自由はほとんどない。だが洗濯物だけではなく不浄の用具も扱う浣衣局の奴婢は、仕事にかこつけて後宮のどこへでも出入りが可能であった。宮城のあらゆる雑用を担う浄軍宦官《かんがん》が、どこへ出入りしようと注意を払われることもないのと、似たようなものだ。

凜々は玄月に聞いていた世婦《せいふ》の殿舎へと難なく渡りをつけ、蔡月香という宮官を見つけ出した。というより、月香の方から凜々に近づき、話しかけてきたのだ。話しかけられたのは凜々ではなく、荷物を運ぶために凜々に同行していた浣衣局《かんいきょく》の宦官であったのだが。

「こんにちは」

明るく屈託のない笑顔には、まだ少女のあどけなさが残るものの、十五と言い通せるほどには背が高い。玄月の話ほどに顎は尖っていないが、二次性徴期に入って頰が丸みを帯びてきたからであろう。確かに美しいというよりは可愛らしい。

浄軍宦官が殿舎勤めの女官から話しかけられるということは、まずありえない。同行の宦官は驚き怯《おび》え、慌てて顔を伏せた。月香は宦官の顔をのぞき込むようにして会釈したが、すぐに眉《まゆ》を曇らせた。

「ごめんなさい。人違いだったわ」

凜々は少しあきれた。この少女は、後宮の宦官ひとりひとりに声をかけて、玄月を捜し出すつもりなのだろうか。

凜々は先に帰るように宦官に言いつけた。そのときはすでに、月香はこちらに背を向けて殿舎へ引き返していた。

「月香さん」

赤の他人に名を呼ばれた月香は、ぎょっとして振り向いた。

「突然のご無礼をすみません。御殿ではなんと呼ばれておいでか知らないものですから」

凛々は話しかけながら月香に近づき、低い声でささやいた。

「もしかして、陶公子をお捜しですか」

少女は顔を輝かせて凛々を見つめ返す。

「あなた、阿紹《あしょう》を知っているの？　どこにいるの？」

飛び跳ねる勢いで、月香は凛々の懐にすがりついた。間近に見る月香の見開いた目は小鳥のようにかわいらしく、桃色の頬はしっとりと滑らかだ。鼻も高すぎず低すぎず、凛々みたいに横に広がってもいない。広すぎない額は艶《つや》やかで、紅を塗らない唇はほんのりと赤い。

身長もこれ以上は伸びることはないであろうし、あと三年もしたら、それはそれは美しい女性になるだろう。凛々には望めない天恵。

だが、玄月が愛しているのは、月香の外見の美しさではない。だから、凛々はこの少女の美に嫉妬する必要はなかった。

「そのことについて、陶公子から伝言を預かっています。誰にも聞かれない場所でお話ができますか」

月香は口元をぎゅっと引き締め、あたりを見回した。

「こっちへ。ここでは小月《しょうげつ》と呼ばれているの。あなたは？」

「林凛々です。浣衣局の者です」

少女は庭園の端の疎林へと凛々を導いた。適度に見通しのいい木立は近づいてくる者がいれば容易に発見でき、風にざわめく梢《こずえ》に話し声を紛らわせることができる。女官が他人に聞かれたくない立ち話をするには最適な場だ。相手構わず宦官に話しかけて人捜しをする軽率さと、密事を交わす場所の絶妙な選択に、凜々は月香の知性を測りかねた。

「陶公子からお言葉を預かってきました」

月香はすっと細い指を立てて背伸びをし、低い声で告げようとした凜々の唇に当てた。

「『自分のことは忘れて、良き夫を選び、いい家に嫁いで幸せになれ』って伝言なら聞かないから、って阿紹に伝えてくれる？」

まさにそう言おうとしていた凜々は、くすりと笑う。月香の瞳には、幼さを残す少女と、強い意志を宿した女のそれが同居している。凜々は突如、それまで人間の美しさを、顔立ちや姿の造形でしか捉《とら》えてこなかった自分に気づかされた。

容姿については劣等感の塊であった凜々は、鏡の中の自分だけではなく、まわりの人間たちの顔からも目を逸《そ》らしてきた。美しいと感じた相手の顔も、太陽を正面から見ることなどできないのと同じ理由で、逸らした目の端から遠慮がちに眺めるのが関の山であった。

だが、月香を前にした凜々は、自分よりもはるかに年下の少女の顔から目が離せなくなっていた。顔というより、その強い光を帯びた瞳に、強く惹《ひ》きつけられてしまったのだ。

美しさよりは可愛らしいと表現したくなる月香の面差しは、華やかな美貌に恵まれた女たちの後宮では、埋もれてしまうことだろう。だが、この瞳の輝き、表情の豊かさ、己の運命を疑うことなく、まっすぐに見つめてくる心の勁《つよ》さに、心を奪われずにいるのは難しい。

「かしこまりました。それでは、月香さまはいまでも玄月さまをお慕いしているのですね。夫婦になる望みを捨ててはいないと」

「もちろんよ！」

月香はぴょんと跳ねて断言した。凜々と同じ目の高さで訴えれば、想いが伝わるとでもいうように。

「私が思いますに、おふたりは直《じか》に会って話し合う必要があると思います。その前にまず、いくつかの質問に答えていただけますか」

「ありがとう！　玄月というのは阿紹の字《あざな》ね？」

月香は嬉《うれ》しそうに微笑んだ。

「はい。東宮にお仕えするようになった頃から、そのように名乗っておいでです」

「皇太子の宮にいたのなら、なかなか見つからないわけだわ」

月香はひとさし指の関節を、前歯にあてて悔しがった。

「ひとつめの質問です。月香さまは、まだ十五におなりでないのに、どのようにして宮官として入宮できたのですか」

「世婦の星美人の侍女として、入ってきたから。星玲玉さまとは詩文と管弦の師匠が同じで、前から親しくしていただいてたの。玲玉さまはとても優しいおねえさまでいらして、わたくしが『親に望まない結婚を強いられて死にたい』って相談したら、『じゃあ、わたくしと一緒に後宮へいらっしゃい』って言ってくださったの」

そう言って、月香はかわいらしい唇の間から舌の先をちらりと見せた。

「入宮の決まった内官の付き人になれば、年齢を問わず宮官待遇で後宮に入れるのですか」

凜々に念を押されて、月香はにこりとうなずいた。

「星美人は、玄月さまと月香さまが許嫁《いいなずけ》だったことは、ご存じなのですか」

月香は肩をすくめて首を横に振った。子どもっぽい仕草があざといのだが、本人は気がついていないのだろう。

「ご存じだったら、後宮へ連れてきてはくださらなかったでしょうね。わたくしたちの婚約は、公になっていなかったもの。わたくしが十二になってから披露しよう、ってお父さまと叔父《おじ》さまはお話ししていたようだけど。ふたつめの質問は？」

「月香さまの御両親は、月香さまが後宮へ上がることをお許しになったのですか」

月香はふたたび首を横に振った。

「まさか。千日籠《ごも》りをすると言って、家出してきたの。お父さまたちは、いまだにわたくしがご先祖の供養のために、寺院に籠《こ》もっていると信じているのではないかしら」

凜々は啞然《あぜん》として、この用意周到で知恵の回る、そして度胸のある少女を見つめた。

一呼吸を入れて、凜々はにっこりと告げる。

「私が思いますに、玄月さまと月香さまはお似合いの一対だと思います」

「ありがとう、凜々」

「おふたりがお会いできる場を段取りします。ただし、宮官と無官の通貞が密会するのは、とても危険なことです。玄月さまは親子で太子の寵《ちょう》を得られていることで、他の宦官に妬《ねた》まれやすく、法度に触れることには慎重にならねばなりません」

真剣な顔で諭され、月香もまた口の端をぐいと引いてうなずいた。指をそろえてぴんと立て、誓いの言葉を告げる。

「言われたとおりにします」

ひたむきな月香に、凜々は愛《いと》おしさすら感じ始めていた。

「初対面の私を信じていただけるのですね」

「凜々は、阿紹がわたくしたちの秘密を託して遣わしたのでしょう？　ならば、どうしてわたくしが凜々を疑う必要があるの？」

この、盲目的とも言うべき絶対の信頼。幼い頃から伴侶《はんりょ》と定められた相手の誠を、髪一筋も疑うことのない瞳《ひとみ》に、凜々は心地よい敗北感に満たされる。波乱に満ちた恋に殉じる覚悟など、物語や芝居のなかでしか起こりえないものだと凜々は思っていた。そんな、凜々には求めても得ることのできない、自らにはまったく縁のないはずの恋人たちの行く末を、どこまでも見届けたい。

「では、こちらの準備ができるまで、辛抱してお待ちください。誰彼かまわず宦官《かんがん》に話しかけるのは、おやめください」

「凛々の言うとおりにします」

月香は袖《そで》の中で重ねた手を胸よりも高く上げて、凛々に揖拝《ゆうはい》する。形式上とはいえ、官位のある者が奴婢《ぬひ》に拝するなど前代未聞であるが、年長の見るからに後宮の先輩である凛々に礼を尽くすのは、月香の心うちではまったく当然のことなのであろう。

凛々はますます月香に好感を持った。

それから十日後、凛々は月香の非番の日に星美人の殿舎を訪れ、月香を呼び出した。凛々は月香に宦官の袍《ほう》を差し出した。浣衣局《かんいきよく》から持ち出した宦官の衣裳《いしょう》を、月香は表情を変えず、躊躇《ちゅうちょ》もせずに身につけた。凛々が特に気合いを入れて、臭いがなくなるまでよく洗ったとはいえ、誰が着ていたかもわからない宦官服を、躊躇なく身につける女子などまず存在しない。

まさに恋は盲目。

帯を締め、くるりと回りながら、ご機嫌な笑顔で裾《すそ》の長さを確かめている月香は、もしかしたら用意されたのは玄月の衣裳だと思っているのかもしれない。

月香は大きな布包みを抱えて、凛々のあとに従う。東春宮から出たことのない月香は、珍しげに壁に囲まれた石畳の通路を見回す。

「阿紹は東宮にお仕えしているのだから、東春宮内で会えるのだと思っていたわ」

月香のささやき声に、凜々は心持ち振り向いて応《こた》える。

「東春宮内の宦官は全員顔見知りですから、かえって目立ちます」

やがて、凜々と月香は庭園と思われる場所に出た。凜々は道具小屋の前で止まり、これまで抱えてきた布包みを隠すと、代わりに剪定鋏《せんていばさみ》や鋤《すき》といった庭道具を出して月香に渡した。

「こちらの庭園は、あちこちの妃宮から使いに出された宮官や宦官が花を摘みに来ます。見慣れない者がいても誰も気にしませんし、宮の異なる知り合い同士が噂話などしていきます。ひとの出入りは多く、決して安全とはいいきれませんが、短い時間ならここで落ち合うのが一番です」

薔薇《ばら》の茂みの奥に、宦官帽が見え隠れする。凜々はそちらを指さして月香に進むように促した。月香の頬に赤みが差し、瞳がきらきらと輝く。

「袖を抱くようにして、薔薇の棘《とげ》に引っかけないよう気をつけてください」

「ありがとう、凜々」

飛び込んでいきたい足取りを抑えて、慎重に小径へと入っていく。その後ろ姿に、気持ちが高ぶっていても用心を忘れない月香の資質を読み取り、凜々は感心した。

「阿紹」

「阿月」

呼び合う声がして、その後は沈黙が続く。身じろぎもしないのか、衣擦《きぬず》れの音すらしない。

大丈夫かなと枝の間を透かし見れば、薄墨色の宦官服を着た少年と少女は、じっと見つめ合っているだけだ。感無量というか、言葉も出ないのだろう。会えなかった歳月と、互いの成長を無言で確かめ合っているのだろうか。

いきなり抱き合い、抱擁を交わすのは、おとなの男女の逢瀬《おうせ》か、あるいはやはり物語だけのことかもしれない。見ている方はその方が気持ちも盛り上がるのだが、本人たちは緊張でそれどころではないのだろう。どちらにしても、凛々には無縁の世界だ。

「阿月」

ふたたび幼名を呼ばれた月香は、両方の目からぽろぽろと涙をこぼしながら「会いたかった、会いたかったよう」としゃくりあげ始める。玄月は肩まで上げた両手の置き場に迷いつつ、低い声でなだめているようだ。月香は両手で口を押さえてしゃがみ込み、肩を震わせてすすり泣く。

あたりを憚《はばか》って声を出さずに泣く月香の冷静さは、凛々をさらに感心させた。

幼い恋人たちの会話を盗み聞きするつもりはもちろんないのだが、声が届く範囲というのは確かめておく必要がある。辺りの気配に気を配りつつ、ふたりに近づいたり離れたり、薔薇の剪定をするふりをしながら、誰も近づかないように見張りを続ける。

玄月は月香の横にしゃがみ、その肩から背中を優しく撫《な》でて、元許嫁の気持ちが静まるのを待っている。やがてすんすんと鼻を鳴らし、落ち着いてきた月香は、玄月の差し出した手巾《しゅきん》で洟《はな》をかんだ。

「阿月、黙って家を出てきたそうじゃないか、君の御両親が心配している」

「だって、無理に知らない誰かと結婚させようとするんですもの。叔父《おじ》さまより年を取った、どっかの大官だか、大人《たいじん》。阿紹がおとなになれば、きっと迎えに来るって言っても、お父さまもお母さまも、聞いてくださらないの」

「そりゃ、聞けないさ。わたしのことは死んだものだと思うように、って御両親には伝えておいたのだし」

「でも死んでないじゃない」

「生きているとも言えないよ。実際、おとなになるまで生き延びられるかもわからない。ここはそういう場所だ」

「でも、とても元気そうじゃない。最後に会ったときよりも、ずっと素敵になった」

目と鼻を赤くして、愛《いと》しい元許嫁を見上げる月香のいたわしい表情は、目にしなくても凜々は想像できる。そんな可憐《かれん》な瞳に見つめられて褒められたら、玄月としても堪《こら》えきれるものではないだろう。

「それは、見かけだけだよ。今日まで死なずにこれたことも奇跡だと思うし、これからどうなるのかまったく予測がつかない。同期で入ってきた通貞は、一年で半分に減った。死んだわけではないのかもしれないけど、内侍省《ないじしょう》や宮殿勤めにならなかった浄軍宦官は、劣悪な環境の官舎に大勢で押し込められ、すり切れるまで過酷な仕事をやらされる。わたしも、父さまの出仕があとひと月遅れていたら、そっち側だったかもしれないんだ。官家落ちの子息は、よほどの人脈があるか、賄賂《わいろ》をうまく使わないと、虐待されて闇に葬られるものらしい。わたしは、兄弟子運がよかったから、なんとか免れたようだけど」

凜々は監視の目を光らせながら、途切れ途切れに聞こえてくる玄月の話に耳を傾けた。

見習い時期から後宮に入りたてのころに、玄月が舐《な》めた辛酸について、凜々は何一つ聞いたことはなかった。だが、宦官の出入りする浣衣局にいれば、通貞たちの苦労話は耳に入る。いつの間にか姿も見かけなくなり、噂話も聞かなくなった新入りを荼毘《だび》に付すための寄付を求められたことも、一度や二度ではない。

「でも、東春宮にお勤めできるようになったんでしょ？　東宮さまのお側にお仕えしているのだから、もうつらい仕事も危ないこともないのでしょう？」

切々と訴える月香に、玄月は首を横に振る。

「太子のお側にあって寵を得る、ということは、それだけ敵を作るということだ。一挙一動、すべての言動が、讒言《ざんげん》の引き金にならないとも限らない。こうして君に会っているのも、命がけだ。だから、君が後宮を出て、わたしを忘れて、別の道を進んでくれるのが、一番いいんだよ」

「敵が多いなら、味方を増やせばいいじゃない！　阿紹がつらいのに、わたくしだけ別の道を行きたくない。会えなくても、同じ後宮にいられるだけでいい。東春宮にいるのだから、同じ宮の空気を吸えるのよね。だったらここにいたい。いさせて」

月香は両手で玄月の右袖をぎゅうと握り締めた。

すべてのやりとりが、凜々の聴いていた講談や、旧主の読み聞かせてくれた物語と違って、幼く初々しく、つまりもどかしい。立ち聞きなどよくないと思いつつ、玄月の下す決断が気になる凜々だ。ふと右手に誰かの近づいてくる気配を感じて、そちらに移動する。

「阿月。薔薇を切りに来た女官が、大柄な凜々の姿に怯《おび》えて立ち去った。

「阿月。わたしはね、もう以前の陶紹じゃない。国士太学の秀才でもなく、ただの男ですらない。この後宮という場所は汚濁に満ち満ちていて、宦官はその汚濁に身も心も浸《つ》かりきった存在だ。もうずっと、自分でも耐え難い悪臭が染みついている気がする」

「阿紹は臭くなんかない！」

月香は小さく叫ぶと、玄月の衿《えり》を両手でつかんで胸に顔を押しつけた。

「いい匂いがするよ」

「それは香を焚《た》き込めているからだよ。殿上勤めの宦官は毎日、沐浴《もくよく》をして清潔な服に着替えることが許されているし」

「じゃあ、問題ないじゃない」

「実際に臭う臭わないの話じゃなくて」

玄月は嘆息した。不意に乱暴な口調になって立ち上がる。

「腐りきっているんだ。ここは。長くいればいるほど、みんな穢《けが》れて、腐っていく。東春宮はまだましだけど――見た目は煌《きら》びやかな妃宮でさえ、陰に回れば弱い宦官《かんがん》への暴行は日常茶飯事だ。心と体につけられた傷痕《きずあと》は、一生膿《う》み爛《ただ》れ続けて、消えることはない。わたしは君にふさわしくない」

月香も立ち上がって、さらに背伸びをして玄月へと顔を近づけた。

「だったら、わたくしも穢れて、腐ってしまいたい。そうしたら、阿紹と同じになれば、ずっといっしょにいられるでしょ。阿紹が傷を負ったのなら、わたくしも同じ場所に同じ深さで傷を作ります。あなたが汚濁に浸かるのなら、わたくしもいっしょに沈んでいくわ。わたくしが何も知らないでここにきたと思っているの？　お父さまにもお母さまにも、叔父さまにも、みんなでよってたかって脅され、諭されたけど、聞けば聞くほど、すぐにでも阿紹のそばに行きたい気持ちでどうにもならなくて。わたくしは、阿紹が官僚でも宦官でも、どっちでもかまわないの！　男でも女でも、どちらでもなくても、来世も誓った阿紹は、わたくしの阿紹なの！　何があってもわたくしの気持ちは変わりません」

涙ながらに訴える月香の声と、玄月の途方に暮れたため息が、風に乗って凜々の耳へと届く。

家を飛び出し、後宮へ乗り込んできたというだけで、並の覚悟ではなかったことだろう。しかし、玄月は両手で自らを抱きしめるようにして、月香から一歩退く。

「同じ場所に、同じ深さの傷を？　そんなことは無理だし、して欲しいとも思わない」

いつもより高く、少し震える声で言い返す。

「たとえ生き延びて高い地位を得ても、わたしは妻は娶《めと》らない。待つだけ無駄だ。阿月はすぐに星美人に願い出て、家に帰りなさい。わかったね」

頬を打たれたかのように呆然《ぼうぜん》とする月香から顔を背け、玄月は身を翻した。薔薇《ばら》の棘《とげ》に袖《そで》を引き留められても意に介せず、裂かれた衣の切れ端を残し、足早にその場を立ち去る。

薔薇の茂みからは、月香のすすり泣きが聞こえる。その泣き声がおさまるのを見計らって、凜々は月香に声をかけた。濡《ぬ》らした手巾を差し出す。

「お顔を冷やしてからでないと、御殿には帰れませんね」

「ありがとう、凜々。もう、阿紹ったら、昔から頑固なの、変わってないのね」

月香は赤い鼻を手巾でこする。そんなにこすったら、もっと赤くなるのではと思ったが、凜々は何も言わない。話題を変える。

「後宮を出て行かれるのですか」

月香は赤い目尻《めじり》をきりっとつり上げ、「まさか」と言い返す。

「無官で通貞の阿紹には、わたくしを追い出す権限などないのでしょう？　だったら、阿紹が官位を得て、一介の宮官を罷免する力を得るまで、ここに居座るわよ。女の一念を甘く見ないでほしいわね」

顎《あご》を上げ、両手を腰に当てて宣言する。凜々は驚きに目を見開き、それからぷっと噴き出した。

「月香さまの心意気、応援いたします」

「凛々が？　嬉《うれ》しい！　それはお——いえ、一騎当千の味方を得たようなものね。よろしくお願いします」

『鬼に金棒』と言おうとしたのだろうか。相手に失礼と思い、とっさに言い換える機転も愛嬌《あいきょう》に思える。

「あ、でも、凛々はそれでいいのかしら」

上目遣いに窺《うかが》ってくる目つきには、女としての警戒が見え隠れする。

——おやおや、このお嬢さんは、この図体の大きな醜女《しこめ》の凛々を、恋敵と認めてくれるのか。

凛々は笑みをこらえるのが大変だ。

「たしかに、玄月さまに憧《あこが》れない女はいないでしょうね。でも、背丈が私の胸くらいだったときから、玄月さまを知っていますから、弟がいればこんな感じかなと思って接して参りました。それに、私は玄月さまに一生をかけても返せぬご恩があるのです。ですから、玄月さまは私の心の主人と申し上げておきましょう」

「恩って、なあに？」

月香は自分のいなかった数年の間に、元許嫁《いいなずけ》の信頼を勝ち得た女との間に、何があったのか知りたいのだ。少女の素朴な疑問に答えないわけにはいかないと凛々は思った。

「私は親に授けられた名前がなく、以前は『阿塵』とか『醜女』と呼ばれていたのです」

「ひどい！」

思わず叫んでしまった月香は、両手を拳《こぶし》にして口元にあてた。感情の表し方は異なるが、こんなところまで、玄月と反応が似ている。月香は凜々の顔をよく見つめ、それから言葉を選ぶようにして口の中でつぶやく。

「えっと、確かに凜々はすごく美人とかじゃないけど、その、立ち姿が凜々《りり》しくて素敵だと思うわ。それに顔の造作なんて、化粧でどうにでもなるのよ。だけど姿勢とか、たたずまいをいつもきりりと保つのは、すごく大変なの。とても努力したのでしょう？

ああ、『凜々』という名は、玄月が考えたのではなくて？」

「はい。あの日、私はいつでも使い捨てられる名無しの奴婢《ぬひ》から、名のあるひとりの人間に生まれ変わったのです。それ以来、いろんなことがうまくいくように感じられました。時間はかかりましたが、いまでは皆が私のことを凜々と呼びます」

喜びにあふれた凜々の笑みは、本心からのものだ。

「その名前を私にくださった玄月さまが、あのように取り乱したり、本音を口にしたりするところを、私は見たことがありません。私はたくさんの通貞が通り過ぎてゆくのを見てきました――月香お嬢さまは、鶏を飼ったことはありますか」

急に話題が変わったことに、月香は戸惑いつつ曖昧《あいまい》に首を振る。

「お父さまの邸《やしき》では飼っていたと思うけど、わたくしは鶏舎へ行くことはなかったから」

「鶏の群れでは、いつも一番弱い雌鶏をあぶり出し、嘴《くちばし》でつついては蹴爪《けづめ》で蹴り回し、餌のある鶏舎から締め出します。強い雄鶏に逐《お》われた年若い雄鶏も、時に同じ目に遭います。とにかく、一羽を大勢でよってたかって、羽を毟《むし》り、傷を負わせ、卵が産めなくなるまで追い詰め、痩《や》せ細って野垂れ死にするまでいたぶり尽くすのです。私はここに来て、人間も同じことをするのだと知りました。女官同士のいじめいたぶりもひどいですが、宦官の弱い者いじめは度を越しています」

　聞いている月香の顔色がどんどん青ざめていく。

「玄月さまのお体を見たことはありませんが、ひどい折檻《せっかん》を受けた通貞の手当をしたことは何度かあります。背中や尻《しり》を棒で打たれて痣《あざ》だらけ、何度も鞭《むち》を受け、皮の裂けた血まみれの傷というのは序の口で、焼け火箸《ひばし》を腿《もも》にあてられたり、足や腕を折られたりというのもあります。若い娘さんにはとても話せない、口にするのも憚《はばか》られるような、一生心身に残るような傷を負わされた通貞もいます」

　口を押さえる月香の拳が震える。凜々は話し続けた。

「玄月さまも、まったく無傷でこられたわけではないでしょう。官家落ちという、妬《ねた》みやっかみを買いやすいお生まれもあります。玄月さまは、いつお会いしても取り澄ましていて、この方には人間として痛みを感じたり、世を恨んだり、他人を憎み羨《うらや》むことはないのかしらと、前から不思議に思っていました。ですが、先ほどのお話の中でも、口にできない屈辱と痛みを耐えてこられたことが察せられました。月香さまのおかげで、とても人間らしい、あるいは年頃の少年らしいお姿を見ることができました。月香さまは、玄月さまにとって本当に大切な存在なのですね。おふたりは添い遂げるべきだと私は思います」

月香の瞳《ひとみ》に、ふたたびキラキラとした希望が輝く。凜々にはそれが遠く美しい、宵の明星のように思われた。

ガタン、と馬車が止まる。

凜々は回想から覚めて、馬車の窓から外をのぞいた。宮城の北、玄武《げんぶ》門に着いたのだ。これより内側は、皇后の住まいである永寿宮まで徒歩で行かねばならない。宮城内で馬車が使えるのは皇帝と皇后、皇太后だけだ。輿《こし》が許されるのも妃嬪《ひひん》までであった。

玄武門を見上げた凜々は、この後宮が自分の生きる場所だと改めて覚悟した。

凜々にとって、歩くことは苦痛でも何でもない。

永寿宮への長い通路を踏みしめながら、凜々は玄月と月香がふたたび縁を繫《つな》ぐまでの日々を思い浮かべる。同じ東春宮で暮らしているのだから、避けてばかりいられないものだ。それに、星美人に皇太子の手がつき、皇子が生まれたことから、月香はなかなか見舞いに訪れない皇太子の不義理を訴えるという、玄月に近づく口実ができた。凜々とい頑《かたく》なであった玄月がとうとう根負けするのに、長い時間はかからなかった。

う、後宮の裏をよく知った頼りになる協力者のお蔭《かげ》で、誰も恋人たちの秘密に気づくことはなかった。玄月の考えたいろいろな仕掛けや工夫を実行に移し、逢《あ》い引きの手助けをするときの、綱渡りにも似たわくわくする興奮。

興味深かったのは、凜々自身の内面であった。

愛をささやく恋人たちのために見張りに立つときは、凜々は自分自身を月香になぞらえて愛される夢を見ていたのか、あるいはたおやかな花を愛《め》でる男の心理に添っていたのか、判然としない。どちらにせよ、凜々の内なる願望は、守られるよりは守る立場でありたいと気づくのに、時間はかからなかった。

——おふたりを、守り抜く——

数多《あまた》いる凡百の女たちの知らない充足と至福。

これはこれで、自分に合っていると凜々は思う。

この日、林凜々の後宮における地位は、五十人の娘子兵《じょうしへい》を束ねる隊正《たいせい》だ。娘子兵らは後宮の東西に一隊ずつ常駐し、皇后宮と皇太后宮を警護している。金椛《ジンファ》王朝が成立した当時は、千人を数えたという娘子兵は、現在は儀仗兵《ぎじょうへい》と、后妃や公主の警護のみの役割を負っている。実際に武器を取って男の兵士らと戦った娘子兵は、凜々と数人を除いてほとんどいない。

それでも、親の顔も知らぬ奴婢であった凜々が、正規の軍人と同じ官位を得て、小さくはあるが一軍を束ねる職を預かっている。

先帝が突如崩御し、皇太子であった陽元が即位した後、玄月は後宮を束ねる掖庭局《えきていきょく》の局丞《きょくじょう》となった。役職を拝命した足で浣衣局《かんいきょく》の凜々を訪れ、にこやかにこう言った。

「凜々、娘子兵にならないか」

実戦を伴わない兵士は、後宮における儀仗としての役割しかない。そのため、娘子兵には身長はもちろん、見た目の麗しい宮官が選ばれる。

「私などが、皇族のお側に侍《はべ》るなど、畏《おそ》れおおいことです」

「娘子兵の衣裳《いしょう》と鎧《よろい》は、きっと凜々に似合うことだろう。化粧や着付けは小月に任せておけばいい。誰にもひけをとらぬ美丈夫に仕立て上げると自信たっぷりに言っていた。宮官に昇格するには姓名が必要だが、凜々には諱《いみな》がなかったな。蜀葵《しょくき》はどうだ」

あの、夏の空に向かってまっすぐに育ち、いくつもの艶《あで》やかな花を咲かせるタチアオイ。凜々が玄月の目にそう映っているのならば、拒む理由はひとつもなかった。

そして、林蜀葵娘子兵は、いまや林蜀葵隊正だ。

かつて凜々の容姿を嗤《わら》った者たちは、宮官も宦官《かんがん》も凜々が通り過ぎると脇に控え、頭《こうべ》を垂れて道を譲る。

陶玄月は、いまは父親が占めている司礼太監の地位を引き継ぐのだろう。だが、その地位は決して約束されたものではない。敵は多く、足下の氷は薄い。いつ王慈仙のような、忠臣の皮を被《かぶ》った佞臣《ねいしん》に足を掬《すく》われるかわからないのだ。蔡月香の去った後宮で玄月を支える筆頭は、この林凜々だ。

凜々と玄月の真の戦いは、この日から始まる。

玄月の一番の腹心として、この後宮にこの人生を捧《ささ》げよう。

そう思うと、楼門の柱の一本一本、楼閣の瓦《かわら》の一枚一枚までもが、愛《いと》しく尊いものに思えてくる。

『阿塵、いつも背筋を伸ばし、顎《あご》を上げていなさい。あなたのすらりとした背丈と、たたずまいは美しい。その美しさを損なわないようになさい』

旧主の口癖が耳の底に蘇《よみがえ》る。

凜々は、自分の人生は捨てたものではないと、本心から思っている。

# 第三話　無憂樹

御嫡母様は、ほんとうは自分のことはあまり好きではないのだろう、と陽元《ようげん》はときどき思う。もしかしたら、子どもというものが、好きではないのかもしれない、と思うこともある。というのは、陽元だけではなく彼女自身が産んだ麗華《れいか》公主にも、まったく関心がないからだ。

物心ついた当時の陽元は、皇后の永《えい》氏を実の母と信じていた。実はそうではなく、幼いときに生母を亡くして永寿《えいじゅ》宮の皇后永氏に引き取られたことを知ったのは、陽元が手習いを始めた五、六歳のころであったろうか。

皇子宮に住む陽元の朝は、宦官の手によって身支度を調えられ、御嫡母様の宮殿に挨《あい》拶《さつ》に向かう。一番古い記憶は、宮殿の回廊を宦官に背負われて通《かよ》った光景だ。永寿宮の東側に建っていた陽元の皇子宮からは、いくつかの殿舎をつなぐ回廊を通り、大小の庭園を抜けてようやく永氏の宮殿にたどり着く。幼いころは、けっこうな距離のように感じていた。おとなの肩から眺める庭の木々や高く太い柱の列、宮殿群を彩る透かし彫りの破風や窓を、宦官の背に揺れながら眺めていた。

朝の挨拶のあとは、永氏と差し向かいで朝食を摂《と》る。卓は大きく、永氏と幼い陽元には食べきれない量の料理が並んでいた。卓越しに会話するには距離がありすぎて互いの声が聞き取れないため、永氏の言葉は女官が伝え、陽元の言葉は側仕えの宦官が届けることで会話が成立していた。もちろん、陽元が言葉を話せるようになってから、のことである。

つまり、陽元の口に箸《はし》や匙《さじ》を運んで食事をさせていたのは、御嫡母様ではなく、側仕えの宦官たちであった。食事は一日二回、永氏の宮でこうして摂り、襁褓《むつき》の交換はもちろんのこと、毎日の着替えと沐浴《もくよく》は宦官の、寝かせつけは乳母の仕事であった。

陽元はほかの家庭を知らず、また皇族とはそのように育てられるものであった。だから、永氏がおよそ世間一般の考える『母親』らしい『子育て』をしなかったことは、陽元が養母に嫌われていると感じた理由ではない。

永氏はとても美しい女性で、いつまみえても高く結い上げた髪は金銀や玉、珊瑚《さんご》の冠に簪《かんざし》、造花や生花で飾られていた。衣装も豪奢《ごうしゃ》な絹織物の曲裾袍《きょくきょほう》に、毎日異なる色の深衣や衫《さん》を重ねていた。その装いはいまも変わらず続いている。

側仕えの者たちが恭しく敬意を以《もっ》て『御嫡母様』に接し、陽元にもそうするように強いていた。『御嫡母様』の前では、皆が緊張していたので、陽元も自然と永氏を懼《おそ》れるようになった。

それゆえに『母』というものは、仰ぎ見て懼れる存在であると、幼い陽元は理解した。

だが、いつの間にか皇后宮に増えていた幼児ら——永氏の宮殿に宮室を授かった妃嬪妻《ひひんさい》妾《しょう》腹の皇子や公主——には、御嫡母様以外にも『母』と呼ぶ女性がいることがわかってきた。

なかでも、ひとつ年下の旺元《おうげん》皇子は李賢妃《りけんひ》、香蘭《こうらん》公主は張才人《ちょうさいじん》の宮に住んでいる。

——旺元は皇子なのに、どうしてわたしといっしょに皇子宮に住まないのか。

陽元の胸に芽生えた疑問には、宦官の誰かが答えた。

——ご生母のおられる御子様方は、そちらの宮にお住まいになるのです。

——では、わたしもまた、御嫡母さまの宮に住むべきではないのか。

宦官はただでさえ情けなく垂れた目尻《めじり》をさらに下げて、陽元を憐《あわ》れむようにかぶりを振った。

——御身は皇太子というお立場であられますゆえに。

ほかの皇子らとは違うのだ、と宦官は続けて、それからきゅうと唇を結んだ。

永寿宮の妃嬪らが庭で茶会などしているところへ、子どもたちも集まって戯《たわむ》れる。旺元は李賢妃の膝《ひざ》によじ登ろうとしてたしなめられたものの、母に頭を撫《な》でられて卓の上の菓子を手渡される。そのときの李賢妃が息子に注ぐまなざしと、柔らかな微笑み。香蘭公主は張才人に手を引かれて、母の摘み取った庭園の花を髪に挿してもらって喜んでいる。ほかの御子たちも、乳母が控えているときでさえ生母の内官に抱き上げられたり、頬ずりされたりして、きゃっきゃと笑い声を上げていた。

陽元はそのように永氏と戯れたこともなく、蕩《とろ》けるように優しい笑顔を向けられたことともなかった。そこで、陽元は永氏に駆け寄って、旺元が李賢妃にそうしたように、永氏の膝に座ろうと試みた。

その場にいたおとなたちが一斉に動きを止めて、永氏と陽元を凝視した。空気が凍り付いたように静かになり、陽元は自分がなにかとんでもないことをしでかしたと直感した。だが、陽元はそこで怯《おび》えて後ずさりするような性格ではなかった。

自分はほかの子どもたちとは異なる存在らしい。母の膝に乗ることは許されない子なのだろうか。陽元はその答を知りたかった。

周囲の空気を無視して膝に上がろうとする陽元を、永氏は表情も変えずにやんわりと押しやった。

「陽元。そなたは次の皇帝におなりになるご身分ですよ。嫡母といえど、膝に乗るような軽率な真似はなさりませぬように」

そう言って、間近にいた宦官に目配せをした。宦官はふたりがかりで陽元を永氏から引き離そうとしたが、陽元は永氏の艶《つや》やかな袍の裾を握りしめ、膝にしがみついた。

「母さまの膝に乗れないのなら、皇太子はやめる。旺元と同じがいい」

永氏は李賢妃のように優しく微笑んで頭を撫でたり、菓子を取り分けてもくれなかった。ただ、硬い口調で膝から手を離すようにと繰り返した。

宦官たちに引き剝《は》がされるようにして永氏から遠ざけられた陽元は、宦官の手が離れると旺元へと駆け寄って、その手から食べかけの菓子を奪い取り、植え込みに投げ捨て、香蘭公主へと振り返った。剣吞《けんのん》な空気を察していた張才人は、すでに香蘭公主を抱き上げて、永氏の側へと移動していた。

激しく泣き叫ぶ旺元をそこへ残して、陽元は庭園から走り去った。

陽元は叱られなかった。

むしろ、何をしても叱られることはない。宦官や女官にいたずらをしかけても、誰も永氏に告げ口をすることはなく、兄弟や姉妹らに乱暴をしても、永氏は何も言わなかった。

皇子宮には、ほかにも男子がふたりいた。ただ、ひとりはまだ言葉も話せない幼子で、もうひとりはずっと年上の少年であったから、どちらも陽元の遊び相手にはなりえなかった。またどちらの皇子も、乳母のほかには側仕えの宦官が二、三人しかいなかったことから、陽元にとってはかれらが兄弟であるという意識は薄かった。

異母兄と多少なりとも接点ができたのは、陽元が手習いを始めた六歳くらいのことであったが、すでに学問の進んでいた異母兄と、四半刻も机の前に座っていられない陽元では話も通じない。

ある日、庭で蟋蟀《こおろぎ》を捕まえようと、陽元が生け垣の茂みに潜んでいると、近くを通りかかった二人連れの宦官《かんがん》が、ひそひそと内緒話をしているのが聞こえた。

「太子の手習いがちっとも進まぬ」

「娘娘《ニャンニャン》は何もおっしゃらぬが、大家《ターチャ》がお知りになったら我らが罰を受けるのでは」

「まったく、あれでまともな帝《みかど》におなりになれるのか。恭王《きょうおう》の落ち着きと知性の、カケラも持ち合わせてはおられぬ」

悪口を言われたことを察した陽元は、宦官たちの前に飛び出して、その脛《すね》を蹴《け》り上げた。痛みにうずくまる宦官らの背中や腰をさらに蹴り飛ばして、皇太子の悪口を言った罰を与える。それだけでは気が収まらなかったので、異母兄の宮室へと走り、扉を蹴り開けて罵倒《ばとう》した。

自室で静かに書を読んでいた恭王は、日頃より乱暴者と陰口を叩《たた》かれている異母弟の罵《のの》りを、ただ啞然《あぜん》として受けた。恭王が平静に自分を見返していると思った陽元は、こいつも自分を馬鹿にしているのかといっそう腹を立てた。止めに入った宦官を蹴り、手近な物を恭王に投げつけた。

「太子、何をお怒りになっておいでですか」

ようやく我に返った恭王は、袖《そで》で頭を庇《かば》いながら陽元に問うた。

「わたしが何も知らないとでも思っているのか」

陽元は甲高い声で叫び、恭王の書机に積み上がっていた竹簡の巻物をぐいと押しやって、床に落とした。ガラガラとけたたましい音を立てて書籍の山が崩れ、床へと散らばる。

「何をなさいます！」

顔色を失って竹簡を拾い集めようとする恭王の肩を、陽元は拳《こぶし》で殴った。

「そなたがそうやって勉強ばかりしているから、みんながわたしを馬鹿にする！」

恭王は片手で書をかき集め、もう一方の手で拳を振り上げる陽元の手首をつかんだ。

「私が勉強をするのは、あと数年でここを出て、自活しなくてはならないからです。太子のお立場とは何の関係もありません。それに、私は太子よりも六つも年が上なのです。太子よりも勉強する時間が長いのは当然です」

その当時の自分と相手の年齢も、はっきりとは覚えていない。手習いを始めたばかりの陽元より六つも上であったとしたら、恭王は十二、三歳のはずである。

その日まで、気に入らない宦官や異母兄弟を相手に乱暴を働いても、誰ひとり陽元に逆らったり、反撃したりする者などいなかった。ところが恭王につかまれた右手はびくともせず、立ち上がった異母兄の身長は見上げるほど高い。

腹立ちを瞳《ひとみ》に浮かべて見下ろしてくる恭王に腕を取られた陽元は、生まれて初めて、嫡母の永氏以外の人間を怖いと思った。

陽元はいっそう興奮して、「放せ！」と叫びながら、空いた方の手で恭王の胸を叩いた。陽元の拳はあまりにも小さく、恭王は難なくその腕を押さえて陽元を引き寄せ、抱き上げげた。床から離れた足をばたつかせる陽元を無視して、恭王はよいしょと肩まで揺すり上げた。

集まってきた宦官は、皇太子を担いで室外へ出て行く恭王のために道を空けた。

「わたしをどうする気だ」

手足をジタバタさせて、陽元は叫ぶ。恭王は息を切らしつつ、問い返した。

「さて、どういたしましょう。太子は私が勉強するのがお気に召さないのですね。では
どうしたら許していただけますか」

陽元は不意に熱が冷めた。恭王に何をさせたかったのか、考えてみたのだ。

「勉強するな」

「それは困りましたね。私に路頭に迷えと仰せですか」

「ろとうに迷って、どう困るのだ」

言葉の意味もよくわからないまま、陽元は問い返す。

陽元の怒りが収まったのを見て、恭王は蓮池《はすいけ》のほとりに立ち止まった。細長く大きな
葉を頭上に茂らせた木の下に陽元を下ろす。風が葉を鳴らすさやさやとした音とともに、
甘い香りが漂う。

恭王は袖で陽元の頬を撫でる。陽元は自分の頬が濡《ぬ》れていたことをそのとき知った。

「私は生母の位が低く、その母もすでに身罷《みまか》りました。成人しても、爵位も領地もいた
だけないでしょう。臣下に降《くだ》り、官職に就くしかありません。そのためには人並みの学
問は修めておかねばならないのです」

「恭王は母さまを亡くしたのか」

恭王はさみしげにうなずいた。

「皇子宮に居室をいただくということは、そういうことです」

「わたしの母さまは、御嫡母さまであるぞ」

「皇后陛下は、私にとっても御嫡母様ですよ。嫡母というのは、側室の産んだ子どもたちから見た呼び方で、后妃の筆頭であるという意味です」

陽元は呆然《ぼうぜん》とした。恭王の言葉を理解するのに、少し時間がかかった。そして、さまざまなことが腑《ふ》に落ちた。

「だから御嫡母さまは、わたしの頭を撫でたり、膝に乗せてはくださらないのか」

恭王は少し驚いた顔をして、それから同情のこもった眼差《まなざ》しになる。

「太子は、ご存じなかったのですか。太子のご実母の宋《そう》皇后は、太子がお小さいときに亡くなられたと聞いています。宋皇后の記憶もお持ちではないのですね」

皇子宮に引き取られる前は、実母の宮で暮らしていた恭王は、陽元よりは後宮の事情に通じていた。永氏と宋氏は異例の皇后並立であったことから、宋氏の遺児を引き取った永氏が、陽元に対して愛情が薄いのは道理かもしれない。

恭王は木陰に置かれた長椅子に腰掛け、自分の膝を叩いた。

「太子、私の膝《ひざ》にお乗りになりますか」

「恭王の膝にか」

陽元は目を丸くして問い返す。

「私は母は異なりますが、太子の兄です。弟が兄の膝に乗ったり、背中に負ぶわれたり、というのはふつうのことですよ。母の宮では、兄弟たちとそのようにして遊んでいました」

「恭王の兄弟ということは、わたしにとっても兄弟か」

旺元ら皇后宮の男子のほかにも、兄弟がいるらしい。

「私には同母の兄がいました。すでに成人して軍官となり、後宮を出て東の州に配属されています。その兄が、よく私を膝に乗せてくれました」

少し考えてから、陽元はうんとうなずいた。

「では、恭王の膝に乗る」

恭王の膝に座った陽元は、黙って目の前に広がる蓮池の景色を眺めた。恭王は自分の狭い膝から陽元が落ちないよう、うしろから陽元の腹の前に両手を回して組む。

葉ずれの音に陽元が上を見ると、黄色く小さな花の塊が、鞠《まり》のように枝の間で揺れている。甘い香りはその花が源であるようだ。

「どうですか」

「思ったほど、良くない。布団の上に座った方がいい」

「では、おりますか」

恭王に問われて、陽元は首を横に振った。

「いや、もう少し、こうしている」

「兄の膝も、固かったです。私は兄より痩《や》せているので、座り心地は良くないことでしょうね。太子も当時の私より大きいですし」

膝の不安定さよりも、背後からしっかり抱えられていることに、陽元は不思議な安心感を覚えていた。背中や回された腕から伝わる体温。

宦官に負ぶわれて宮から宮へと移動したのとは、まったく違う感触。

「わたしは、太子ではなく、恭王の母さまの宮の皇子がよかった」

「臣下にならないと食べていけない皇族では、たくさん勉強しないといけませんよ」

「勉強はおもしろくない」

恭王は、陽元が怒り狂って部屋に飛び込んできた理由を訊《たず》ね、宦官たちの陰口にはいっしょに腹を立てた。そして、陽元が望むなら、勉強を教えてくれるとも申し出た。

「恭王は賢いのだと宦官は言う。恭王に教えてもらえば、わたしも賢くなれるのだな。でも、座っているのは嫌いだ」

恭王は笑いだした。

「私も、太子の年には遊んでばかりいましたよ。そして、手習いを怠けていると、兄と母に叱られていました。それなら、勉強の前に遊びましょうか。打鞠《だきゅう》や蹴鞠《けまり》はもう始めましたか」

陽元はくるりと振り向いて応《こた》えた。

「まだだ。恭王が教えてくれるならやる」

恭王は「もちろんです」と満面の笑みで応じた。

さてその後、恭王の薫陶により、陽元が分別のある勉強好きな少年になったかというとそうはならず、宦官《かんがん》にはいたずらを仕掛け、皇后宮の兄弟には乱暴という素行は、相変わらずであった。陽元を叱り、しつけることのできるのは永氏のみであったのに、その永氏が陽元を放任しているのだから誰にもどうすることもできない。しかし、陽元は恭王の言うことにだけは耳を傾けたので、困り切った宦官はたびたび、陽元にものの道理を説くようにと、恭王に泣きついたのだった。

陽元は、皇子宮に住む男子は実母を亡くした皇子であるということ、毎朝の挨拶《あいさつ》が終わると、すぐに皇子宮に帰されること、そしてかれらは皇后宮での茶会には招かれないことを恭王から学んだ。

そうしたある日、陽元は御嫡母様のまわりで遊ぶことを許されている子どもたちの中に、実母に同伴されていない幼女がいることを発見した。ほかの公主よりも美しい衣装と装飾品に飾られていたが、付き添っているのは乳母がひとりだけだ。

陽元は控えていた宦官に「あの子どもは誰だ」と訊ねた。

「娘娘《ニャンニャン》の御所生の、麗華公主様です」

「御嫡母さまの宮で見かけたことがないのはなぜだ」

「公主宮にお住まいですので」

実母を亡くした皇子の宮があるのならば、同様の事情を抱える公主を集めた宮があってもおかしくはない。だが麗華が実母の永氏と同じ宮ではなく、公主宮に住まう理由はなんだろう。

皇子宮に戻った陽元は、そのことを恭王に訊ねた。

「皇后陛下は、男子をお望みだったのではないでしょうか。公主では太子にはなれませんから」

「麗華が男子だったら、御嫡母さまはその子を膝に乗せて、手ずから菓子を食べさせただろうか」

恭王は「そうかもしれませんね」と応じる。

「そうしたら、わたしは太子ではなく、恭王のように父帝の臣下になるため、毎日いっしょうけんめい勉強しなくてはならなかったな」

陽元は深く考えずにそう言った。恭王は曖昧《あいまい》に微笑んで「さあ、それは」と言いかけ、口をつぐんだ。

次に麗華を見かけた陽元は、近づいて話しかけた。

永氏によく似た面差しだが、威厳と美貌《びぼう》が見事に調和した母親とは異なり、ぼんやりとあどけない顔で陽元を見上げる。乱暴者と評判の皇太子の接近に、麗華の乳母は身構えたが、相手が相手だけに公主を抱えて逃げるわけにも、邪険に追い払うわけにもいかず、救いを求めて永氏へと視線を向けた。永氏は李賢妃らと歓談していて、庭園の隅で起こっている珍事にはまったく気がついていない。

陽元は膝を折って「麗華」と呼びかけた。

見上げるほどの男子に話しかけられたことに、麗華は驚き固まった。

「あっちの四阿《あずまや》にうまい茶菓子があった」

そう言って、陽元は麗華の手を取り歩き出す。初めて自分に関心を向けられた麗華は、ただ諾々として陽元のあとについて行った。四阿では、陽元が卓から選んだ菓子を受け取って、ぽろぽろとこぼしながら食べ始めた。皿の上に積み上げられた菓子へと首を伸ばす麗華を、陽元は自分の膝に乗せてよく見えるようにしてやった。

陽元が麗華をかわいがり、それが永氏の機嫌を損ねないことがわかると、乳母や宦官たちは安心してふたりを遊ばせておいた。そうした日が繰り返され、陽元が以前ほど乱暴でなくなったことで、旺元などほかの皇子や公主も、ふたりの周りに集まって遊ぶ風景がよく見られるようになった。

なにかと張り合ってくる旺元にはたびたび辟易《へきえき》とさせられたが、いいなりにしかならない上に、常に陽元に花を持たせようとする宦官と遊ぶよりは、弟妹の予測不能な反応や、遠慮のない物言いは新鮮であった。それまでは同じ年頃の子どもを相手にする機会のなかった陽元には、弟妹とのけんかもまた日々の刺激となった。

皇子宮では、恭王の姿が見えないときは蓮池《はすいけ》のほとりの木の下へ行く。恭王がいつもそこで書見しているとは限らないが、そこで待っていれば、必ず恭王が陽元を見つけ出してくれた。

蓮池の木は、春になると黄色い小花が咲き、橙《だいだい》色から赤に移り変わって夏に散る。

赤い花の終わる三度目の夏、恭王は陽元に暇乞《いとまご》いを告げた。異母弟に臣下の礼をとって、長久の健康を祈る恭王に、陽元はまた会えるのかと訊ねた。

「任地には三年、その後は数年ごとに帰京が許されましょう。次にお会いするときは、外廷の朝堂で謁見を賜ることになります」

「そうか――こういうときは、皇太子のわたしは恭王に何をどう言えばいいのか」

恭王は成人を前にしても、まだ少年のあどけなさを残す笑顔を陽元に向けた。

「私の健康と武運を祈ってくだされば」

「では、弟のわたしは？」

恭王は首を傾け、夏草の茂る水辺へと目をやる。

「心に思っていることを、思うとおりに言ってください」

陽元は頭上の梢《こずえ》を見上げた。思っていることを言葉にする前に、涙が目の縁にたまってきたからだ。

恭王は視線を上げて、陽元の届かないところにある枝を手折った。

「太子は、この木の名前は知っていましたか」

陽元は首を横に振る。目尻《めじり》から熱い滴がパラパラと肩に落ちた。

「無憂樹《むゆうじゅ》というのです」

　そう言って、手にした枝の葉で陽元の両方の肩を撫《な》でた。

「こうすれば、憂《うれ》いを払い落とせると、母がよく言っていました」

「憂い？」

「こう、胸が重苦しく、塞《ふさ》がってしまったように感じたり、喉《のど》が詰まって言葉が出てこなかったり、止めようとしても涙があふれそうになる気分のことです」

　陽元はびっくりして恭王を見上げた。

「どうして、わたしの胸や喉がそうなっていることが、恭王にわかるのだ」

　恭王はにっこりと笑った。

「兄が後宮を出て行き、母が身罷《みまか》ったとき、私もそういう気持ちになりましたから」

　陽元は納得し、ちいさくうなずいた。

「無憂樹は、母のいた宮にもありました。そこで母と兄とともによく語らったものです。だから、ひとりぼっちになってこの宮に移されたときも、この木があったので寂しくはありませんでした。そしてこの木の下で、太子と過ごしたのも、よい思い出です。どうか、よい天子におなりください」

　恭王が懐かしげに無憂樹の木を見上げている間に、陽元は袖《そで》で目元をこすった。

　恭王が加冠の儀を終え、官位を得て世に出て行ったのと入れ替わるように、学問の師となる太子傅《たいしふ》が陽元についた。

太子傅には、官僚から優秀な学者が選ばれる。金椛国《ジンファ》において、官僚とは政治家であり、行政官であり、同時に学者でもあり、そしてときに軍人をも兼ねた。

太子傅を拝命した官僚は、宦官ではないので後宮に入ることは許されない。そのため、陽元が後宮を出て外廷の学問所へ通うこととなった。

これもまた、好ましい変化であった。

陽元の性向は、限りなく外へと向かっていたからだ。

恭王が独立し後宮から出て行ったことは、陽元のうちにいっそう外界への憧《あこが》れをかき立てていた。外廷に出るというだけでも、興奮して落ち着かない。

北斗院《ほくと》という瀟洒《しょうしゃ》な建物にて紹介された新しい教師は、陶名聞《とうめいぶん》という髭《ひげ》を蓄えた壮年の太学博士であった。父帝のほかに成人の男子と直《じか》に口を利く機会の少なかった陽元は、新任の太子傅を興味津々で見つめ、質問を浴びせた。

好奇心は旺盛《おうせい》だが、集中力の続かない生徒に、陶名聞は古典や経書を押しつけることなく、陽元が興味を示し質問することに答を用意し、あるいは自ら考えさせて、授業を進める。

「陶博士は後宮の教師のように、経書をひたすら読ませて、書かせることはしないのだな」

陽元は陶名聞の授業がしごく気に入ったらしい。

後宮では、そこそこの学問しか成し得ず、正規の官吏になり損ねて食い詰め、あるいは罪を犯して宦官《かんがん》になった者が内侍省《ないじしょう》の実務をこなし、皇族男子に読み書きの基礎を教えている。陶名聞はそうした者たちと比較されたことに不快感を表すことなく、穏やかに応じた。

「後宮で学べることを皇太子殿下にお教えするために、私はここにいるのではございません。私は国士《こくし》太学《たいがく》で長く教鞭《きょうべん》を執ってきました。そして、我が陶氏には一族の子弟が通う家塾があり、また殿下と同じ年の息子がおりますので、手ほどきの段階から教えることに慣れているのです」

陶名聞の話に、陽元は目を輝かせた。

「陶博士には息子がいるのか。やはり、わたしのように勉強は嫌いか」

陶名聞はにこりと笑った。

「いいえ、我が子ながら驚くほどの学問好きです」

陽元はむっと口を曲げた。同じ年頃なら、勉強よりも遊ぶことが好きであるべきという思い込みを、真っ向から否定された気がしたからだ。

「我が息子も、勉学を始めた頃は、今日の殿下のように、経書にはかかわりのない質問ばかりしていました」

「なんという名だ」

「紹《しょう》といいます」

「紹はわたしよりも頭がいいのか」

陽元の問いに、陶名聞は答に迷った。皇太子よりも我が子が賢いと言えば、不敬にあたるかもしれず、そうでないといえば嘘になる。

「太子殿下とはお会いしたばかりですので、どちらが優れているのかはわかりかねます。ただ、紹は殿下よりも早く学問を始めましたので、経書はすでに修了しています。殿下のように多く質問する子どもはよく学びます。殿下も学問の面白さを知れば、すぐに好きになります」

陽元は、すでに後宮を去った異母兄のことを思い浮かべていた。

「紹はどこで勉強している？　陶一族の家塾か」

「家塾は遊び盛りの少年が多く、息子には少々騒がしいので、自宅に勉強部屋を設けて、家庭教師を雇って教えています」

陽元は少し混乱したようすで、天井を見上げた。

「家にいるのに、陶博士が教えず家庭教師を雇うのか。陶博士がわたしを教えることになったからか。ならば紹もここで勉強すれば、教師は陶博士ひとりですむではないか」

陽元の質問攻めを、どのように受け取ったのか、陶名聞は即答を避けて微笑んだ。

「もったいないお言葉、まことにありがたいことです。しかし、愚息はまだ、宮廷における作法について学んではおりません。万が一にでも失礼な言動をして、殿下の勉学の妨げになってはなりません。ですがいずれは、名家より選《よ》りすぐった優秀な子弟が、殿下のご学友として参内する日がくることでしょう。そのときは、愚息も末席を拝することができますれば、当家の名誉にございます」

陽元はむっつりと不機嫌になった。子どもながらに、婉曲《えんきょく》に断られたことくらい、理解できる。そういう言い回しばかりするおとなの間で育ったので、冗長な受け答えのなかに、是非のありかを感知することを、陽元は自然と学んでいた。

恭王の去った場所に、同年ながら学問の進んでいる少年を置いたら、勉学ももう少し面白く感じるのではないかと単純に思った陽元であったが、兄弟と臣下の子では同じに扱われない。とはいえ、やたらに張り合ってくる異母弟の旺元では、打ち鞠《まり》や小弓はともかく、机を並べて競うことは問題外であった。

陶名聞の立場として、太子傅に就任してすぐ、我が子を自ら皇太子の学友に推薦するのは外聞が悪い。結論を先に延ばし、やんわりと断るほかに、選択肢はなかった。

「そうか、ところで陶博士は犬は好きか」

皇太子を不機嫌にさせたのではと恐縮する教師の不安をよそに、陽元はあっさりと話題を変えた。もうすぐ犬を飼い始めることになった、という話に夢中になる。

「臣に下った異母兄が、仔犬を献上すると約束したのだ。妃《きさき》らが飼っている愛玩《あいがん》用の小さな犬ではない。成長したら大人の腿《もも》くらいになる猟犬だ。しつけを誤ると人を傷つけて殺しかねないため、入念な調教が大事であると、犬飼の心得のある宦官を選ぶことになった」

陽元は目を輝かせて、これから飼う動物の話を続けた。

なかなか講義に集中してくれない皇太子のおしゃべりに、陶名聞は辛抱強く耳を傾ける。学問への興味を起こさせるには、とりあえず皇太子の性格と興味の対象を把握することが肝要であると、新太子傅は考えたのだろう。

## 学友

十歳の誕生日が近づいたころ、数人の新しい宦官が皇子宮に入ってきた。十歳から十三歳までの通貞と称される少年たちである。華やかな衣装をまとい、女児のように髪を結い上げた通貞は、皇子らの遊び相手を務めるという。

陽元を育ててきた宦官はみな成人で、分別くさく従順であった。宦官とはそうしたものであると陽元は疑問に思ったこともなかった。しかし、まだ子どもに過ぎない年齢の通貞たちだ。おとなしくしていたのは最初のうちだけであった。はじめのうちは上役の目を気にし、主《あるじ》たる陽元に気を遣っているのだが、盤上の遊びでも、戸外の蹴鞠《けまり》でも、やっているうちに夢中になる。興奮しやすく、感情的になりやすいかれらは、負けると悔しがったり、ひとつの遊びに飽きれば陽元の機嫌を伺うことも忘れて、勝手に好きなことを始めたりもする。

見かねて口を出す古参の宦官を陽元は止めた。通貞たちの好きにさせていた方が面白かったからだ。かれらは陽元の知らない市井や田舎の遊びを知っていた。虫を捕り、木に登る。花を摘んで蜜《みつ》を吸い、池の蛙やイモリを追う。短い紐《ひも》と二股《ふたまた》に分かれた木の枝で投石具を作って石を飛ばし、鳥を狙う。

朝は外廷で太子傅の講義を受け、それが終われば愛犬と通貞らを引き連れ、皇子宮を隅から隅まで駆けずり回って遊ぶ。ときには皇后宮の女官を驚かせ、公主宮まで顔を出して麗華公主を喜ばせた。

恭王のいなくなった隙間を賢い学友で埋めることは叶《かな》わなかったが、その代わりに元気の有り余った通貞たちと後宮内を闊歩《かっぽ》する楽しみができた。

幼いころから年の近い遊び相手がいれば、もっと楽しかったであろうにと、陽元は長く自分に仕えてきた侍従に、どうしてもっと早く通貞を入れなかったのかと訊《たず》ねた。養育係の宦官らは体力がなく、すぐに疲れてしまう。走り回る陽元についてこられず、たびたび見失っていた。そのために陽元は池に落ちて死にかけたこともある。

すると侍従は眉間《みけん》に皺《しわ》を寄せて、奥歯でも痛むかのように苦笑した。

「一生涯を後宮に捧《ささ》げるという自らの意思を、断言できる年齢に達してからでないと、宦官にはなれないのです」

「おまえたちは、一生この後宮から出られないのか」

陽元は少し驚いた。

「内侍省の高官になれば、宮城の外に邸《やしき》を持ち、家庭を持つこともできますが、大半の宦官は妻帯せず、家を残すこともなく、宮城の内側で一生を終えます。それがどういうことであるか幼いうちはわかりませんので、十二、三歳、若くとも十歳になるまでは、自宮は禁じられているのです」

そういえば、恭王には年の近い宦官がいた。遊び相手というよりは学友といった風情で、恭王はかれにとても気を許していた。

——あの宦官は、恭王に仕えていたお蔭《かげ》で、後宮の外へ出て行けたのだな。

いつも恭王の側に影のように控えていた少年の面影を、ぼんやりと思い出す。

気分が塞《ふさ》がりそうになった陽元は、侍従に下がれと命じた。通貞を集めて打ち鞠を始める。

子ども嫌いの永氏のことや、生母に慈しまれている異母兄弟のこと、いつも寂しそうな顔をしている麗華のこと、遠くへ行ってしまった恭王のこと、どうして自分は皇太子なのか、どこへも行けないのか、そういったことで胸が重くなるときは、陽元はとにかく体を動かした。

打ち杖《づえ》を振り回して鞠を飛ばすのは、気持ちがすっとする。弓の稽古《けいこ》も、的に集中できたときは、頭が空っぽになるのが好きだ。最近は武芸の師がついて、矛や剣を揮《ふる》うのも気分がいい。十歳になったら、小馬をくださると父帝が仰せになったという。

父帝については、行事のあるときや、決められた日に紫微宮《しびきゅう》へ挨拶《あいさつ》に訪ねるだけなのでよく知らない。とにかくこの国で一番偉い人物なのだという。

陽元の生活は、このころからとても忙しくなっていた。

ただでさえ、学問や鍛錬、読書などの時間が厳しく定められ、父帝の宮へ参内する頻度が増えた。そこで学問の進捗《しんちょく》や読んだ書籍について下問がある。あまり交流のない妃宮の、陽元より年長の皇子らが同席していることもあった。

狭いと思っていた後宮であったが、思いがけなく広く計り知れない奥行きがあった。少しずつ広がってゆく世界に興奮することもあれば、わけもなく不安にもなる。そういうときは、蓮池《はすいけ》の辺にある無憂樹《むゆうじゅ》の枝を折って持ち帰る。大きな葉がたくさんついた枝で、音を立てて頭や肩を払うと、陽元はなんとなく安心するのだった。

陽元が十二歳のころであった。

陶名聞のひとり息子が、国士太学の入学試験である童試《どうし》に十二で合格したことで神童の誉れを受け、皇太子の学友となることを認められた。息子を宮城に連れてきて、自分とともに勉強をさせるようにと陽元が提案してから、三年近くが過ぎていた。

官僚の子息が皇太子の学友になるために、官位を持つ必要があるのか、陽元は知らない。おそらくそのような決まりはないのであろうが、陶名聞は慎重であった。皇太子の師父である特権を利用して、息子が次期皇帝の寵《ちょう》を得るよう計らったと非難されるのを避けたかったのだろう。

国士の位を得た少年であれば、父親が誰であろうと、皇太子に招かれて席を並べることに誰も異論は挟めない。むしろ父帝も賛成した。

初めて父親に伴われて参内した陶紹は、国士太学の制服だという薄青い縹色《はなだいろ》の直裾袍《ちょっきほう》に、金鶏の尾羽飾りを小冠に挿していた。一流の人形師が慎重に彫り上げたかのような繊細な顔立ちと、拝謁の礼にそぐわない表情の乏しさに、陽元も型どおりの言葉を返したのち、いつも通りの授業が始まった。

陽元は陶紹がその後も父親とともに宮城に通ってくると期待していたのだが、国士太学の勉学が本分であるということで、参内することはごくまれであった。残念な気分にもなったが、少しほっとしたのも事実であった。話しかけても短い応《こた》えが返ってくるだけで会話は続かない。一見したところ内気に見えるわりに、妙な緊張感を漂わせた少年だったからだ。

陶名聞もその息子も、あからさまに口にはしなかったが、陽元の学力は陶紹よりも数年遅れていた。机を並べて学ぶには、差がありすぎたのだ。皇太子に恥をかかせないようにと、親子で配慮されてしまったのだろう。

それで陽元が卑屈になったり、陶紹を妬《ねた》んだり、ということはなかった。幼い頃、臣下が優秀であることは、君主と国家にとって良いことだという話を、恭王から聞いていたせいもあるだろう。恭王のように勉強熱心になれない陽元には、勉強しなくてよい口実を与えただけではあったが。

いつしかその当時の恭王の年齢に追いつこうというときに、陶紹を知ったことは陽元の気分を良いものにした。せめて、馬鹿にされない程度に自分も真面目に勉強しようという前向きな気持ちになった。

　それが、この月に入ってからは、陶紹が父について参内する回数が増えた。聞けば、国士太学を休学したという。

「では、家でひとりで勉強するのもつまらないだろう。紹もこれからは毎日こちらに参内し、名聞の講義を受ければよいではないか」

　陶紹は微妙に困惑したようすで父の顔色を窺《うかが》い、それから短く応えた。

「休学中でも、課題はありますので」

「わたしのための講義は、退屈か」

　直截《ちょくせつ》に問われた陶紹は、切れ長の目をまたたかせて陽元を見返した。

　本音をはっきりとさせないのが宮廷の作法ではあるが、陽元はしばしばその作法を無視した。父の名聞がはらはらと目配せをするのだが、陶紹は無表情に陽元に言葉を返す。

「『読書百遍、意自《おの》ずから通ず』と云います。同じ内容の講義を別の講師から聴くのも、また別の発見や解釈がありますので、退屈するということはございません」

　声変わりもしていない、高めの透き通った声で言われたのでなければ、自分と同じ年の少年が発した言葉とは、とても思えなかっただろう。

　陶紹がはっきりと自分の考えや意見を口にしたのは、これが初めてではなかったか、と陽元は記憶している。それまでは、陶紹からひと言ふた言以上の話を聞いたことがなかったのだ。書を音読するよう指示されたときに、よく通る澄んだ声で読み上げるのを、耳にするくらいであった。

「そうか、退屈でなければいい。課題に差し支えぬ程度に、こちらにも来るといい」

次の日、官家の子弟とは皆ああしたものかと、陽元は陶名聞に訊ねてみた。

陶名聞は学問以外のことでも、市井や太学についても、陽元の好奇心や疑問には丁寧に答えてきた。自身の家庭のことも、訊《き》かれれば話してきた。ある程度は雑談に応じなければ勉強に気が向かない、という陽元の性向のためでもあった。

「愚息は、父の目から見ても、他家の子息らとは少し変わっていると思われます。家塾に通わせず自宅に家庭教師を招いたのも、族兄の童生らが乱暴でうるさく、勉学に集中できないと紹が申したからですが——ひとり息子で、女部屋で育ったせいでしょうか。祖母にたいへんなついておりまして、祖母、母、姉とその侍女らと物語を読んだり、詩を詠むことを好みます。国士太学に通えば、男子の友人もできるかと期待したのですが——」

話す場所と相手を失念したかのように、名聞は愚痴を漏らした。よほど、息子の内向的な性格と生活態度が気にかかっていたのだろう。

「それで紹は休学したのか。国士太学は乱暴者でうるさい学生ばかりということか」

周りが女性ばかり、あるいは騒がしい男子がいない環境で育ったと云えば、陽元もそうであったが、陽元から見れば女子も宦官《かんがん》もかなり騒がしい。年配の宦官の前ではおとなしい通貞も、陽元に率いられれば自宮前の悪童時代に戻って暴れ回る。官家の子弟と、皇后宮では『乱暴者』の定評のある陽元と通貞らとでは、どちらがより乱暴なのだろう。

名聞は首を横に振った。

「いえ。国士太学は優秀な学生ばかりです。ただ、学生のほとんどは二十歳を過ぎた青年から壮年の男子で、未冠の学生は数えるほどしかおりません。なかでも十二歳では同年の学生はおらず、紹は学友ができなかったようです」

太学への登校をやめてしまった息子のことが、よほど気がかりなのだろう。父帝との関係は希薄で、嫡母の干渉もあまりない陽元には、一般家庭の悩みなどは想像もつかず、理解も及ばないことではあった。それでも、いつもは謹直な陶名聞が、眉間《みけん》に皺《しわ》を寄せつつ漏らした家庭の事情は、陽元の心に残るものがあった。

そこで陽元は、次の講義には自ら手折った無憂樹の枝を持っていった。

「これは気分の塞ぎに効く。これで肩を撫《な》でると、師父の眉間の皺がのびるぞ」

「太子殿下――」

皇太子に対する息子の無愛想さを庇《かば》うつもりが、うっかり十二歳の少年相手に家庭の事情を話してしまったことを後悔していた陶名聞は、陽元に気を遣われていたく感激した。

「太子殿下は、仁のあるお方でいらっしゃいます」

まぶたを押さえながら礼を言われたので、陽元はかえってむっつりとした顔を作って、頬に上がってくる熱をこらえなくてはならなかった。

その次に父親に連れてこられたとき、陶紹の表情はいくらか和やかであった。持ち帰った無憂樹について、名聞がどのように紹に語ったかは定かではないが、前回までの張り詰めた空気が薄らいでいたのは、陽元の勘違いではない。

講義をひとつ終えた陶名聞は、少年たちに休憩をとらせた。名聞が中座している間、ぎこちない沈黙が漂う。

取り澄まして正面を見つめる陶紹は、じっと陽元の言葉を待っているのか、ただほかのことを考えているのか、読み取れない。陽元は、皇太子である自分がまず話しかけなければ、相手は口を開くことを許されないことはわかっているのだが、妙に緊張して言葉が見つけられずにいた。

あれこれ考えているうちに、自分は何をしても許される立場であることをはたと思い出す。たかが臣下の息子に、なぜここまで遠慮するのかと腹立たしくなった。そう思ったら、声が出た。

「紹は」

「は」

陶紹はすかさず陽元に体ごと向け、畏《かしこ》まる。話しかけられるのを待っていたらしい反応に、陽元は少し驚き、そして安心した。ところが何を言おうとしていたのか忘れてしまい、慌てて最初に頭に浮かんできたことを訊《たず》ねた。

「国士太学とはどんなところだ」

唐突な問いに、陶紹は面食らったらしく目を瞠《みは》った。それから首をかしげて、答を考える。国士太学はひらたくいえば官僚を養成する学問の府だ。金椛国全土から優秀な学生が集まり、三年に一度の官僚登用試験に備えて切磋《せっさ》琢磨《たくま》し、研鑽《けんさん》を重ねる場である。とはいえ、この国の皇太子であれば、そのようなことはすでに知っているはずだ。

質問の範囲が漠然とし過ぎているために、どこから話せばよいのか、何をどう答えればよいのか迷った面持ちで、陶紹は問い返した。

「国士太学をご視察なさったことは、ありませんか」

「ない」

陽元の即答に、陶紹は手を上げて院の右壁を指した。その壁の向こうに国士太学があるという意味らしい。陽元は自分の住む宮城にどれだけの機関があり、建物が立ち並んでいるのか、ほとんど把握していない。

「わたしが通っていましたのは、定員が五百名の宮城内の上院でした」

陽元は永寿宮に仕える女官や宦官を集めても、五百人はいないだろうと推測した。さまざまな行事で朝廷に整列する文武の上級官僚はそれ以上いるはずであるが、陽元が父帝の隣から見渡せるのは、せいぜい二百くらいと聞いている。

「縹色《はなだいろ》の袍をまとった五百人もの国士が、うじゃうじゃと集まって書を読んでいるのか。それはさぞかし賑《にぎ》やかだろうな」

その場を想像した陽元は、からからと陽気に笑った。

陽元の闊達《かったつ》な空気に、陶紹の頬も和んだ。

「先だっては、父に無憂樹《むゆうじゅ》をくださいました。太子殿下は植物がお好きですか」

少し目を細め、口角がわずかに上がっただけで、それまで無機質だった面に、とても優しげな微笑が広がった。

「いや、植物はよく知らない、けど」

陽元は口ごもって言葉を探す。

「宮の無憂樹は、好きだ。春から夏まで、ずっと花が咲いていて、いい匂いがする」

「季節の移りにつれて、花の色が少しずつ変化していくのも、無憂樹の楽しみですね」

陶紹が話に乗ってきたので、陽元は気分が良くなってきた。宦官や通貞のように、自分の考えを話すのに、いちいち許可を求めてこないのも楽でいい。

「あと、名前がいい」

「ええ、いい名です」

陶紹の面から笑みが退き、物憂げに書机へと視線を落とす。

「紹は名聞の自慢の息子なのに、無くしたい憂いなどあるのか」

陶名聞は謙虚で賢明な教師ではあったが、息子を溺愛《できあい》し自慢に思っていることは、態度や言葉の端々に滲《にじ》み出ていた。皇太子の陽元には、両親が身近にいて愛情を注がれるという環境はまったく想像がつかない。しかし、目の前の聡明《そうめい》そうな少年が、自分や恭王が望み得なかった親の関心を浴びて育ったことはわかる。

両親に慈しまれ、容姿に恵まれ、神童ともてはやされている少年が、どんな憂いを抱えているというのだろう。

会話が途切れてしまったことで、陽元は戸惑った。

「国士太学を休学したことと、関係があるのか」

そのように訊ねたのは、陽元の勘がいいというよりも、ほかに陶紹に関する事情を知らなかったからである。しかし効果はてきめんで、陶紹は顔をいったん上げたものの、すぐに視線を逸《そ》らした。話したくない本心と、皇太子の下問には必ず答えなくてはならないという葛藤《かっとう》を、書机の上でぎゅっと握られた拳《こぶし》が語っている。

少しして、陶紹は大きく吸った息を静かに吐いた。

「安んじて学べる場所が、自宅しかないという憂いはございます」

陽元は、陶名聞の『息子は騒がしい場所を好まない』という話を思い出す。

「太学だの、家塾だのは、そんなにやかましい所なのか。だがほかの学生は集まって勉強するのだろう？　紹だけが煩わしく感じて、勉強ができないというのはどういうことだ。ひとが大勢いるところが苦手なままでは、名聞のような官僚になれまい」

外の世界に興味津々の陽元は、どんどん疑問が湧いてくる。講師の陶名聞と一対一の授業は気が抜けない上に、静かすぎると思っていた陽元は、大勢が集まって学ぶのも面白そうだと思ったのだ。

父親が納得した理由では、陽元に通じないと判断したらしい陶紹は、しばらく視線をさまよわせていたが、やがて観念したように息を吐いた。探るような瞳《ひとみ》で見つめて、一息に質問する。

「太子殿下は、自分より大きな男子に囲まれたことはおありですか」

宦官には四六時中囲まれて育ったようなものだが、おそらく陶紹の言っているのとは違う意味であろう。

「ない」

陽元は即答する。陶紹は目を伏せて続けた。

「では、おわかりいただけないと思います。家塾では、自分が幼かったために侮られているのかと思ったのですが、国士太学へ通ってはっきりとわかりました。学力と成績だけでは認めさせられない。心身ともに成長して、体格も精神も相手と対等にならねば、学問も成し難いことを実感いたしました」

机の上に置かれた、陶紹の拳の固さと震えを見れば、かなりの覚悟で告白したことはわかる。しかし、その話の内容は陽元にはさっぱり理解できなかった。

「頭の中身を競うのに、体の大きさが関係あるのか」

陽元は首をひねる。年上の学生に囲まれるとは、どういう状況なのか。

父帝と嫡母以外に、陽元の頭を押さえつける人間は存在せず、そのふたりは養育のすべてを宦官《かんがん》と乳母に任せてきた。体の大きな宦官は陽元の命令ひとつで床にはいつくばり、馬となり肩車ともなる。何人いようと、圧倒してくる存在ではない。

年下の学生が良い成績をとることを妬《ねた》み、数を恃《たの》んで年少者に脅しをかける上級生がいることなど、陽元にはまったく想像の埒外《らちがい》であったのだ。

理解に苦しむ陽元に、陶紹は実際に受けた脅迫などを話す羽目となる。すると陽元はますます混乱した。

「なぜ、教師に報告しない？　そういう学生は罰されてしかるべきだ」

即座に断言する陽元に、陶紹は淡い微笑を向けた。

「脅迫であれば、それも有効ですが――」

そこでまた逡巡《しゅんじゅん》し、声を出さずに唇を開閉してから、ようやく話し始める。

「味方になろう、守ってやろう、などと言い出し、擦り寄ってくる手合いが、もっとも厄介なのです」

陽元の混乱は頂点に達した。味方が増えるというのに、何が問題なのか。陽元がそのように問うと、陶紹はすいと目を逸らして、唾《つば》を吐くような激しさで言った。

「そのようなやからは、親切な言葉を吐きながら、こちらの体に触れてくるのです」

それで察してくれとばかりに黙り込んでしまったのだが、それを唾棄《だき》すべきことと陶紹が断じた意味が、陽元にはさっぱりわからない。

家族でもない者が体に触れることを、金椛の風習は善しとしない。だからなおさら、他人の体に触れようとする無礼者がいれば、家長か師に訴え出るべきではないか。

陽元が困惑していると、陶紹はひどく恥じ入ったような風情で声を低めた。

「太子、このことは父に話さないと、誓っていただけますか」

どうして父親に相談できないのか、まったく理解できないまま、陽元は相手の気迫に圧《お》されて、この短い会話を封印することに同意した。

陶紹とのやりとりによって、陽元は自分の世界がひどく狭いこと、そしていろいろな人間が宮城とその外にいて、互いに脅し合ったり、親切と見せて不快ななにかを強いてきたりすることを漠然と知った。

後宮の外をまったく知らないわけではない。夏になれば宮廷は避暑のために河北《かほく》へ行幸する。だが、出て行った先でも、庶民に姿を見られないように馬車や垂れ幕の下がった輿《こし》で移動し、塀に囲まれた宮殿の中でいつもと同じ人間たちと過ごすのだから、新しく学ぶことなど風景のほかにはなかった。

あらためて周囲の宦官や通貞を観察してみると、年の若い者、体の小さい者、気の弱そうな者は、より年かさの者や体の大きな者、押しの強い者に都合良くこきつかわれていることが見て取れた。あるいは、おどおどした態度が陽元の気に障り、遠ざけられてしまった新入りの通貞が、古参の通貞の餌食《えじき》になっているところも目に入った。

気がつかなかったわけではなく、そういうものだと思っていたことであった。

しかし、低く抑えられた陶紹の声音や、震えがちな拳がのぞかせた、弱者の側の怒りに触れたこと、稀代《きたい》の神童でさえその屈辱を親にも言えずに隠さねばならない事象は、見逃してよいものではないのではと陽元に思わせたのであった。

かといって、陽元に何かできるというものでもない。永寿宮における皇太子の放蕩《ほうとう》ぶりを叱責《しっせき》することのない永氏だが、陽元が宮の慣習について変えさせようとすると、厳しく叱りつける。陽元の養育に手を焼いている宦官も心得ていて、自分たちのやり方に陽元が口を出すと、すぐに永氏に注進するのだ。

永氏のしつけというのは、善悪や道理が基準ではなく、誰の気分を害したかによって罰が下される。同じことをしても、相手によって見逃されたり、厳しい罰を受けたりするのだ。陽元の受けた罰や、受けられなかったしつけについて、ひそかに永氏のやり方を批判する恭王や陶名聞との出逢《であ》いと交流がなければ、陽元の道徳観というものは、まったく混乱した代物になっていたことだろう。

この日以降、気に入らない宦官や弟妹に、思いつきや八つ当たりで理不尽ないたずらを仕掛けることは、なるべくしないようになった陽元であった。

## 陶家の獄

青天の霹靂《へきれき》、という言葉がある。

雲ひとつない青い空に、なんの予兆も前触れもなく稲妻が走り、雷が轟《とどろ》く。平穏な日々にあるとき突如として起こる、まったく予期せぬ事件を譬《たと》える語句である。

陽元にとって、陶一族の獄はまさにそのような事件であった。

その日も、陽元はいつものように宦官らの担ぐ椅子輿に乗って北斗院へ向かっていた。

そこへ、前方から薄墨色の塊が走ってきたかと思うと、ひどく取り乱した体《てい》の宦官が、皇太子の一行を止めて、後宮へ引き返すように告げた。

このような宦官の行動は、金椛国においてはまずあり得ないことだ。

官吏が息を切らして宮城内を疾走することと、その官吏が非礼にも皇太子の前を遮る、ということの両方がである。

前者は正当な理由がなければ、罰として棒で打たれかねない。宮城内で走っていいのは、急を要する使者や伝令だけである。

後者は正当な理由があろうとなかろうと、場合によっては自害を命じられても文句は言えない。暗殺者と見なされて、その場で錦衣《きんい》兵に斬り殺される可能性もあった。

「陶尚書令が弾劾を受け、族滅の判決により、ご一族は投獄されました。北斗院の陶太子傅にも捕縛の隊が向かっています」

陽元は驚いて輿の上で立ち上がった。椅子輿を担いでいた八人の宦官が、皇太子が転がり落ちないよう、慌てて輿の均衡をとる。陽元はかまわず輿から飛び降り、北斗院へと走り出した。皇族は、移動中は輿に乗らなければいけないのだが、それどころではなかった。

この日の授業には、陶名聞が息子を連れてくることになっていた。

錦衣兵があの親子に縄をかけるなど、許してはならない。

しかし、陽元が北斗院に駆けつけたときには、すでに誰もいなかった。その場に居合わせたという官吏を問い詰めて、親子が引き立てられていくところを見たと聞き、陽元はすぐに後宮にとって返した。父帝のいる紫微宮へ駆け込み、陶名聞親子の助命を嘆願するためだ。

弾劾された陶尚書令の罪状など、陽元の知ったことではない。ただ、宗家に連座させられて、罪のない傍流の陶名聞親子が処刑されるなど、納得できなかった。

先触れもなく皇帝の宮に駆け込んできた皇太子に、紫微宮の宦官は慌てふためいた。許可なく皇帝の宮室へ入ることは皇太子であろうと許されはしない。しかし、尊貴な少年の体に触れることもまた禁忌であったため、宦官たちはただ並んで薄墨色の壁を作って陽元を止めようとした。

陽元は体格のいい少年であったから、無抵抗で非力な宦官たちの壁など、一押しで突破した。父帝を呼ばわりながら宮殿を走り回る陽元の前に、奥からひとりの年老いた宦官が出てきて一喝した。

縁取りと刺繡《ししゅう》を許された濃鼠《こいねず》色の袍《ほう》と、ひときわ高い宦官帽を吉祥模様の額帯で留めている。最高位の宦官、皇族よりも権威のある司礼太監《しれいたいかん》であった。

「太子、狼藉《ろうぜき》はお控えください。大家は朝堂にて政務の最中であられます」

皇帝の言葉を代弁する司礼太監に、さすがの陽元も怯《ひる》んで足を止めた。

「いつお戻りになるか」

「今日は通常の政務に加えて、重要な案件について討議がございますので、午後遅くなるものかと」

「だが、中食のために、じきにお戻りにはなるだろう」

「定刻より遅れることが予想されます」

「では、お戻りになるまで待つ」

司礼太監の深い皺《しわ》の奥にある目が、不穏に光る。

「紫微宮には、大家の許しなくば誰もたち入ることはできません。お待ちになるのであれば、階段の下でお控えください」

強い日差しを防ぐ庇《ひさし》のない石段の下で、いつ帰ってくるかわからない皇帝を待てと言われた陽元は、ぐっと奥歯を嚙《か》みしめ、拳《こぶし》を握りしめた。

まだ春半ばであったが、頭上から降り注ぐ陽光と、宮殿の前庭に広がる石畳の照り返しに、陽元の顔はすぐに痛み出し、喉《のど》が渇く。罰を受けて立たされているわけではないと考えた陽元は、控えていた宦官に水と日傘を持ってこさせた。

ようやく父帝が後宮へ戻ってくる先触れを聞いて、陽元は膝《ひざ》をついた。父帝は陽元に一瞥《いちべつ》をくれただけで、さっさと宮殿へと入っていった。陽元は呼び出されるのを辛抱強く待った。

さらに四半刻ののち、ようやく陽元は父帝の居間に通された。堂々とした体つきの美丈夫と誉れの高い陽元の父は、外廷に戻るために食事中は脱いでいた龍袍《りゅうほう》を宦官《かんがん》に羽織らせていた。

型通りに拝謁の礼をとる息子に、父帝は話も聞かずに切り出す。

「陶太子傅の処遇についてであれば、有罪と決まった以上、命乞《いのちご》いは無駄だ」

「ですが、名聞はわたしの師父です。並の罪人として扱っていいものですか。しかも、名聞もその息子も、弾劾とは無関係ではありませんか」

「陽元、天子となる者は私情によって動いてはならぬ。執着によって国の定めた法を枉《ま》げることはならぬ」

陽元は物心ついたときから、何かに執着してはならないと言われ続けてきた。陽元が気に入った宦官は、いつの間にか皇子宮からいなくなっていた。好んでいた玩具《おもちゃ》や道具も、年齢にふさわしくなくなると、永氏の指図で捨てられてしまった。捨てるなと癇癪《かんしゃく》を起こせば逆効果で、目の前で破壊されてしまう。

そして、すぐに新しいものが与えられる。

陽元は、自分が嘆願すればするほど、陶親子を死へ追いやってしまうのではと思い、それ以上は何も言えなくなった。

父帝は司礼太監に玉冠をつけさせ、外廷へと出て行った。

とりつく島もない父帝の態度と、己の無力さに歯がみし、立ち尽《つ》くす陽元のそばに、いつの間にか先ほどの司礼太監が立っていた。司礼太監は顔を逸《そ》らして遠くを眺めながら小声でささやいた。

「死罪となった者には、刑の執行の前に、死を免れる宮刑を選ぶ機会を与えられます。ま、官僚で宮刑を選ぶ者はほとんどいませんが」

独り言のようにつぶやき、宦官特有の摺《す》り足で立ち去ろうとする。陽元は追いすがって訊《たず》ねた。

「宮刑になれば処刑されずにすむのか」

「命は失いませんが、死ぬのと変わりません」

「命はあるが死ぬとは、どういうことだ」

「宮刑を受けた者は、宦官になるしかございませんので。太子傅にまで登られた方が、そのような屈辱を――殿下？」

陽元は話の途中で駆け出していた。

囚人と面会するにはどうすればいいのか、まったく知識はなかったが、顔見知りの錦衣兵の隊長を捕まえて、陶一族が収監されている牢《ろう》まで案内させた。

陽元は、自分がその気になれば衛兵を動かし、後宮の外もこのように歩き回れることを知った。

獄卒は陶名聞を牢から連れ出し、二脚の椅子と卓だけが置かれた、殺風景な部屋で待つ陽元に面会させた。

「太子殿下。このようなところに来ては、なりません」

陶名聞は恐縮して深く頭を下げた。陽元は名聞の拝礼を無視して本題に入る。

「乱暴なことはされなかったか。紹は無事か」

「紹は未冠なので、女たちの牢に収監されております。無事ではあると思います」

陽元はほっとして、そこにあった椅子に腰を下ろした。ギシッと音がする。

「父帝に助命を願ったが、聞き入れていただけなかった。天子となるものは私情や執着で法を枉げてはならぬと」

口にしただけで悔し涙がこぼれ、陽元は下を向いた。

「殿下がそのようなことを――ありがたいことですが、陛下の逆鱗《げきりん》に触れたら、殿下が重い罰を受けたかもしれません。そのようにお気遣いいただけただけで、臣には身に余る栄誉です。粛々として冥土《めいど》へ旅立てます」

「だが、そなたと紹は、なんの罪も犯していないのだろう？」

声を荒らげる陽元に、陶名聞は穏やかに首を横に振った。

「宗主が罪を犯したときは、宗族に連なる者すべてがその責を負う。これが金椛国の法です。私には、この身を以《もっ》て伯父《おじ》の傲慢《ごうまん》を諫《いさ》める義務があったのに、それを怠った。それが私の罪です。たとえ伯父が、私の意見に耳を傾ける人物ではなかったとしても。そして宗族の長たる者は、己の行為の行き着くところを常にわきまえ、枝葉のひとりひとりに気を配らなくてはなりません。これは、一家族だけではなく、国家にも当てはまることです。太子殿下はやがて、この国の長とおなりになるのです。殿下に伏してお願い申し上げます。この国の運命とすべての民の行く末を、その背に負っておられることを、どうかお忘れになりませんように」

こんなときまで薫陶をたれる陶名聞に、陽元は腹立ちさえ覚える。だが、ここでいつものように癇癪を起こしたら、二度と名聞には会えず、紹の顔を見ることもないと思い、踏みとどまった。

呼吸を整えて、一息で吐き出す。

「師父と紹が、死ななくても済む方法があると聞いた。しかも、ずっとわたしのもとに留《とど》まって、紹とともに師父から学問を学ぶ手立てが」

陶名聞は険しい表情になり、陽元を正面から見つめた。硬い声で問う。

「私と息子に、宦官になれと？」

陶名聞の察しがいいというわけではなく、すでにそういう話が陶一族の男たちの間でなされていたのだろう。

「いやか」

「殿下は、宦官になるということが、どういうことかご存じですか」

陽元は何年も前に侍従から聞いた話を思い出そうと、ぎゅっと目を細めた。

「宦官は一生涯後宮から出られない、結婚もできない、家を残せないと聞いた。だが、師父にはすでに妻がいる。紹もわたしに仕えれば、おとなになるころには内侍省の高官になれるだろう？　宦官でも、官位が高くなれば、家庭が持てると侍従が言っていた」

陶名聞は、ふーっと息を吐いた。

「宦官について、ご存じなのはそれだけですか」

「まだ、ほかにあるのか。妃《きさき》や皇族に嫌われたり、逆らったりすると折檻《せっかん》を受けることがあるが、師父と紹はわたしに仕えるのだから、誰にもひどいことはさせない。わたしがそなたらを守る。名聞は宦官になってもわたしの師父だ。だから、わたしに意見しても、誰にも責められない。あそこでは――」

陽元は言い淀《よど》み、声を低くした。

「誰も本当のことを言わない。恭王がいなくなってからは、わたしが間違ったことをしても、みな知らぬ顔をしている。もっと間違ったことをさせる者もいる。気がついても、『これはいけない』と言えば、『太子だから許される』と言われる。だけど、師父はわたしの話を聞いて、太子でもしてはならないことがあると教えてくれた。わたしはものを考えるのがあまり得意ではない。師父がいなくなったら、わたしはまた自分のやっていることが良いのか悪いのかわからなくなって、賢くない皇子だと御嫡母様を失望させてしまう。よい天子になると恭王と約束したのに、絶対に無理だ」

言ったとたんに、じわりと視界がゆがみ、熱い滴がぽとりと卓の上に落ちた。

陶名聞はじっと息を潜めて、考え込んでいる。陽元は拒まれる恐怖に、息を吸ってさらに続けた。

「師父も紹も、死んではいけない。恭王は賢い臣は国の宝だと言った。師父に教えられたことは頭に入る。ほかの者ではだめだ。それから紹はわたしよりもずっと賢い。だから宦官になっても、やはり国の宝になると思う。わたしが立派な天子になるために、そなたたちは死んではならない」

必死で言いつのる陽元に、陶名聞は諦《あきら》めと哀憐《あいれん》の眼差《まなざ》しを向け、深いため息をついた。そして背筋を伸ばし、裾《すそ》を払う。ゆるやかな動作で陽元の前に両膝《りょうひざ》をつく。

「わかりました。我ら親子は生涯、太子殿下のおそばに仕えさせていただきます」

胸の前で揖《ゆう》に重ねた両手を額まで高く上げ、腰を折るようにして深く頭を下げる。

陽元は胸が熱くなり、顔も沸騰したのではと思うほど、涙がぼろぼろと止まらない。陽元はこんな風に人前で泣いたことなどなかった。どうしてよいかもわからず、しゃくりあげながらあふれてくる涙をごしごしと袖《そで》で拭《ふ》いた。

これまで、何ものも身近に留めておくことを許されず、願うことも諦めていた。何かに執着すると取り上げられるので、自分の好きなものは隠すようになっていた。恭王に贈られた犬も、あまりにいつもそばに置いて、寝台にまで上げていっしょに寝ることが続いたので、永氏の命によって犬飼ごと遠い犬舎に移されてしまった。

玩具のように殺されてしまうことを怖れて、陽元は犬に執着しないようにした。狩りに連れてゆくだけで満足するように、犬を想う気持ちに蓋《ふた》をした。

だから、陶名聞が自分のそばに留まると決心してくれたことが、陽元には嬉《うれ》しくて嬉しくてたまらなかったのだ。

ただ、宦官《かんがん》になるということと、宮刑の真実については、まだ十二歳の陽元は何も知らなかった。彼自身が陶名聞に訴えたように、後宮では誰も本当のことや、物事の真相を、陽元にあからさまに話して聞かせる者はいなかったからだ。

そして、宦官になり後宮に入るための手続きについても、詳細を知らなかった。

陶親子に出仕の準備ができたら、すぐに皇子宮へ仕えるようにと、侍従を通して内侍省に命じておいた。皇太子による公式の通達であるから、刑部《けいぶ》の手続きを終えれば、あのふたりはすぐにでも後宮に上がるだろうと、ただ楽しみにして待っているうちに、夏と秋と冬が過ぎていった。

## 再会

陶一族の獄は、金椛史において大きな事件であったが、後宮においてはさほど騒がれなかった。後宮には陶氏の内官や宮官も少なからずおり、彼女たちも位を剝奪《はくだつ》されて官婢の身分に落とされたはずである。しかし永寿宮においては、誰かが力ずくで引きずり出されたとか、髪を切られて追い出されたという話は聞かなかった。

この国の位人臣を極めた陶家の宗主が、具体的にどのような罪をもって弾劾されたのか、陽元は詳しくは知らされず、錯綜《さくそう》する噂や流言には、信用に値するものは見つけられなかった。

陶名聞ですら、宗家の実態をよく知らなかったのではないかと、陽元はあとになって思った。その陶名聞と息子は、ひと月が経っても音沙汰《おとさた》がない。

まさか心変わりを起こして、一族と運命をともにしたのではと心配になってきた陽元は、内侍省に侍従を遣わして、陶名聞の消息を問い合わせた。

「陶大官は手術の予後が悪く、療養のために自宅へ戻ることが許されました。回復したらすぐに、出仕するということです」

「手術?」

きょとんとした顔で訊《き》き返す陽元に、侍従は眉《まゆ》を曇らせて口を覆った。

「なんの手術だ? 陶大官は病気か怪我でもしていたのか」

牢《ろう》で拷問でもされて、手術の必要があるほどの傷病を負ったのかと、陽元はいてもたってもいられなくなった。侍従はおろおろと組んだ両手を上下させて、「いえ、そうではありません」と苦しげに否定した。

「宮刑を受けたときの手術です。宦官になるための」

陽元は眉間《みけん》に皺《しわ》を寄せて、侍従をにらみつけた。

「そんな話は聞いてない。なぜ宦官になるのに手術が必要なのだ。詳しく話せ」

「子種を断つ手術です」

侍従は言葉を選ぶのに苦労したものの、手つきも交えて手短に説明した。

「術後は大変苦しみますので、陶大官は年齢からして回復に時間がかかっておいでなのだと推察いたします」

侍従がそう結んだあとも、陽元は眉根を寄せて奥歯を強くかみ合わせたまま、目の前の空間をじっと見つめた。

――自分はなんということを陶親子に強いてしまったのか。

「下がれ」

抑制された声の低さに、侍従は後ずさるようにして陽元の前を去った。

言葉を濁しがちな侍従の話に満足しなかった陽元は、通貞をひとりひとり呼び出して、自宮手術の体験を話させた。少年たちは遠慮無く、手術の痛みや恐怖、術後の苦痛や新しい体に慣れる困難について語って聞かせた。

それから、陽元はひとりで無憂樹《むゆうじゅ》の下へ行き、ぼんやりと蓮池《はすいけ》を眺めた。

もしかしたら、陶親子は陽元のもとへ帰ってはこないかもしれない。その考えは、蓮池の泡のようにふつりふつりと途切れることなく湧き上がる。

宦官を希望する者が、恐怖から去勢手術を断念しても、家に帰されるだけだ。だが、陶親子が宮刑を拒めば処刑される。陶名聞は手術で体を悪くし、長く床につくことになった。陶紹はどうしただろう。無事に手術を終えたのか、拒否して刑場へ連れて行かれたか。親子でともに仕えるように陶名聞に言っておいたのだから、もし手術が成功していれば、紹もまた自宅に戻り、父親の看病をしているのかもしれない。

陽元は、自分がかれらを忘れていないことを示すために、見舞いを遣わした。

使者は陶名聞の礼状を携えて帰ってきた。陽元の心遣いに感謝し、医師の許可が出ればすぐにでも出仕すると書かれた師父の丁寧な筆跡に、ほっと胸を撫《な》で下ろす。

陶紹の消息については何も書かれていなかったことが気がかりだが、無事でなければ書き添えてあるだろうから、親子はともに自宅で過ごしているのだろうと解釈した。

新任の太子傅の授業はあまり面白くない。陶名聞のように雑談を許さないし、教本と注釈を行ったり来たりというやり方に固執して、自分なりの解釈や、書かれていないことを議論することはなかった。

陶名聞の自宅へ、見舞いもかねて季節ごとに下賜品を送らせる。丁寧な返礼に、安物の粗絹で作られた巻物が添えられていた。

――そろそろ経書は難しいところにさしかかっていることと推察いたします。御心休めに、宮城内では手に入らないような、世俗で流行《はや》っている読み物を選びました。物語は嘘ごとですが、庶民の生活ぶりは写実的に書かれています。紹が好んで読んでいた軍記物も同梱《どうこん》いたします――

堅物の学者だとばかり思われていた陶名聞が、世俗の流行小説など読んでいたことが意外であった。陽元の行動を、逐一永氏に報告する侍従に見つかったら捨てられるのではと、私室に書籍を持ち込み、寝台の下に隠して少しずつ読んだ。

陶紹の読んでいたという軍記物は、四巻あたりまでは紹らしき手による書き込みが見られたが、五巻以降は新品であった。どういうことかと首をひねった陽元ではあったが、内容が面白かったので最後まで読み進めた。

これで陶紹が出仕したら、あの口の重い少年との会話の種に困るまいと、陽元はますます先が楽しみになった。

しかし、年が明けても、陶親子は出仕する気配がない。春節の朝廷と後宮の、絶え間なく儀式の続く慌ただしさに、見舞いを出すことも途絶えがちになる。

新年の賀会が三日連続で催される御華園《ぎょかえん》では、内官や皇族だけではなく、後宮に勤める宮官や宦官も集まって賑《にぎ》わう。陽元は高殿に設けられた父帝の横に席を与えられ、次々と入れ替わる音楽と舞楽、曲芸や芝居をぼんやりと眺めていた。

以前は無邪気に楽しんでいた鐘鼓司《しょうこし》の俳優たちの曲芸も、演者の宦官らも、通貞から聞いた道を通ってああしているのだと思うと、滑稽《こっけい》技を披露されても笑えない。胸が塞《ふさ》がってきたら、目を逸《そ》らす。無憂樹もなく、体を動かす遊びもできないときは、考えたり感じたりすることのないよう、ぼーっとどうでもよい景色を見るのがいい。

ぐるりと御華園を眺めているうちに、どこの妃宮の天幕か知らないが、内官らに給仕をする美しい少女の姿が目にとまった。華やかに化粧し、艶《あで》やかな衣装をまとい、女童《めどう》にしては高価な簪《かんざし》と華やかな造花を挿しているが、内官にしては若すぎる。宮官の装いではない。公主ならば給仕などしているはずはない。

そして、妙に見覚えがあった。

なんとなく目を離せずにいると、酒壺《つぼ》を持って立ち上がった少女の腰に、内官のひとりが手を回した。傍らに引き寄せ座らせる。のしかかるように体を添わせてくる内官に、少女は薄い笑みを口の端に貼り付けた人形のような表情で、杯に酒を注ぐ。かなり酔いの回った内官は、杯を少女の赤い唇に押しつけて酒を飲ませようとした。

無意識に立ち上がった陽元に、控えの侍従が慌ててそばに寄ってきた。侍従にはまったく注意を払わず、陽元は高殿から駆け出そうとした。

「陽元！」

永氏の鋭い声が響き渡った。陽元は条件反射でぴたりと立ち止まる。あの高さの声で叱責《しっせき》されたら罰は必定だ。舞台の俳優らもまた動きを止め、観衆は何事かと高殿を注目する。

皇帝の臨席する催しの最中に唐突に動いたり、ましてや中座を請う作法も無視していきなり走りだすなど、皇太子にあるまじき愚行であった。

重たげな動作で振り返った陽元は、組んだ両手を挙げ、小用の暇をいただきたいと請うた。いかにも我慢できないようすで膝《ひざ》をすりあわせながら。

永氏は陽元に一瞥《いちべつ》をくれると、皇帝の前に膝をついて謝罪した。

「わたくしのしつけが行き届きませぬこと、主上にお詫《わ》び申し上げます」

皇帝は、顔を赤くして揖《ゆう》の姿勢で固まっている陽元をちらりと見てから、悠然として告げた。

「言い出す間を図っているあいだに我慢できなくなったのだろう。行かせてやれ」

陽元は父帝に礼を述べると、急いで高殿を下りた。いちおう厠《かわや》へ向かい、皇太子の袍《ほう》を脱いでそのあたりの植木に突っ込んだ。さらに迂回《うかい》して先ほどの天幕を目指す。しかし天幕をのぞいても、くだんの少女はいなかった。似たような装いの女官をひとり捕まえて、酒を給仕していた少女の名を問う。

「どの者を指しておいでか存じませんが、給仕をしているのは女子ではありません。通貞です。奴才《わたくし》もですが」

「通貞？」

陽元は絶句して相手の言葉を繰り返した。

「皇子様の宮にはいませんか」

「いる。が、こんなに着飾ってない」

確かに皇子宮の通貞も、童女髷《まげ》に色の華やかな袍を着せられているが、化粧はさせていない。通貞に女装をさせるのは、古参の宦官《かんがん》や未成年の皇子と区別するためくらいだろうとしか、陽元は思っていなかった。

「捜してきましょうか」

「頼む。ここへ、連れてきてくれ」

女装の通貞はにまりと微笑んで天幕へと消えた。いくらも経たずに戻ってきた通貞は、狐に摘《つ》ままれたような顔で謝る。

「すみません。酒を飲まされていた通貞は、気分が悪くなったとかで、もう妃宮へ戻されました」

「名前はわかるか」

陽元の真剣さに、通貞はおどおどして肩を引く。

「え、ちょっと。お仕えするお妃《きさき》さまが違うので、あの、今日が初対面でしたので、覚えておりません」

「では、この天幕の内官の名は？」

「ここは保寿宮《ほうじゅ》の天幕で、筆頭のお妃は劉徳妃《りゅうとくひ》さまと申し上げます」

陽元の剣幕に怯《おび》えた通貞は、それだけ答えてあたふたと天幕に引っ込んでしまった。

高殿の自席に戻った陽元は、気持ちを落ち着かせ、考えをまとめようとした。

陶紹がすでに後宮に出仕していたのなら、名聞がそう知らせてきたはずだ。

あの通貞は、たまたま陶紹に似た少年だったのではないか。妃嬪《ひひん》や皇族に仕える通貞は容姿の優れたものが選ばれる。化粧をすれば、どの少年でも美しく見えたことだろう。

そう結論すると、気持ちが落ち着いた。侍従が淹《い》れてくれた茶を口に含み、陽元はふたたび舞台の上で繰り広げられる曲芸と喜劇へと目を移した。

賀会を終えて皇子宮に戻っても、陽元はやはりあの通貞のことが気になった。

だが、理由もなくほかの妃宮へ乗り込んで、通貞の名を聞いて回るなど、皇太子といえど許されるだろうか。永氏の機嫌を損ねる結果になれば、とばっちりを受けるのは件《くだん》の通貞だ。無関係であれば災難であろうし、陶紹本人であればさらに面倒なことになる気がする。

すでに陶親子の助命嘆願のために許可も無く紫微宮へ乗り込んだことで、陽元は厳重な罰を受けていた。陽元を止められなかった侍従は棒で打たれたし、あの日の側付きであった通貞も巻き添えで打たれた。陽元自身は、皇后宮の石段の下に日の出から日の入りまで立たされた。

すでにどこかの妃に仕えている陶紹を捜し出して、皇子宮へ引き取ることが、陶親子への執着であると永氏に受け取られたら、ふたりとも後宮にいられなくなるのではないか。しかし、陶紹が内官の酌をさせられているのはどうにも耐えがたい。陽元はどうしたらよいのか、まったくよい智慧《ちえ》が浮かばない。

保寿宮へ入り込む手段を思いつかないまま春節は過ぎ、あっという間に元宵節《げんしょうせつ》である。皇后宮へ訪れるたびに、陽元はそこに勤める通貞に目を留める。

どの少年も女装し、人形のように飾り立てられ、ぼんやりと宙を眺めている。ふと目が合うと年齢に合わぬ艶を含んだ微笑を浮かべる。陽元は悪寒を覚えて目を逸らし、見なかったふりをして通り過ぎた。

どうしていままで目につかなかったのか。皇子宮の通貞に訊《たず》ねると、妃嬪らに仕える通貞は、茶会などには顔を出さない。主に宮殿の奥深くで妃嬪らの要求に応《こた》えるのが仕事だという。

「要求とは？」

陽元の問いに、通貞らは顔を見合わせる。

「声の美しい者は、歌を歌わされます」

「舞の上手な者は、舞を披露します」

雀が囀《さえず》るように通貞らは答える。

「それだけか」

陽元が重ねて問うと、通貞らは居心地悪そうに互いを横目に見て、肘《ひじ》を突《つつ》き合った。年かさの者が、意を決した面持ちで答える。

「お妃さまがたが望むように、いかようにもお慰めします」

また、陽元の知らないことを知っている者たちが、肝心なことを言おうとせずに、理解させようとする。

「では、そなたらはわたしの通貞であるから、わたしが望むことなら、いかようにも応じるというのか」

最後に答えた通貞が、両手を合わせ膝をついて「御意」と頭を下げた。ほかの通貞も続いて膝をつく。

「では歌を歌える者は歌え。踊れる者は舞え」

通貞たちは、急いで立ち上がり、先を争って歌ったり踊ったりする。

ひとりだけ、何もせずに立ち尽くしているのは、先ほどの年かさの通貞であった。

「仙児《せんじ》、そなたは何ができる」

「特に、何も」

仙児は十四、五の通貞であった。最年長であることから、通貞らのまとめ役を果たしている。整った顔立ちではあるが、これといった特徴はなく平凡な印象を与える。

陽元はこの通貞に何をさせようかと考えたが、思い浮かばなかった。そしてまた、どうしてこのような騒ぎになっているのか考え直す。

そうだ、あの保寿宮の通貞の正体が気になっていたのだ。

「そなたらは、ほかの妃宮へ出入りすることは許されているのか」

「出入りできる宮もあれば、できない宮もあります」

「保寿宮には入れるか」

仙児は首を横に振る。

「ですが、どの宮にも出入りできる宦官なら知っています」

陽元は飛びついた。

「誰だ。どこにいる」

「鐘鼓司《しょうこし》の学芸員たちです。同期の通貞がおりますから、話をつけましょうか」

「そうしろ、すぐにだ。すぐに連れてこい」

仙児が連れてきた鐘鼓司の通貞は、陽元の前に両膝《りょうひざ》をついて深く揖礼をした。

「小林《しょうりん》と申します。太子殿下の命を承ります」

「保寿宮の劉徳妃に、陶紹という姓名の通貞が仕えているか突き止めて欲しい」

「どの通貞というあてはございますか」

「ない。年は十二、もしかしたら、もう十三になっているかもしれない。それから容姿端麗で、学がある」

小林《しょうりん》は思案げに答える。

「妃宮に仕える通貞はみな容姿端麗ですが、学がある者は多くありません。必ず見つかるでしょう。数日、いただけますか」

「頼む」

小林は「御意」と答えて退出した。

それから数日経っても、小林からは音沙汰《おとさた》はなかった。

その間に陽元は陶名聞に問い合わせの書簡を出した。返信には体調も回復したのでまもなく出仕する予定であること、昨年の初夏には、息子はすでに後宮に上がっているはずであることが綴《つづ》られていた。筆跡には陶名聞の動揺がはっきりと見て取れた。

陽元はすぐに陶紹を捜し出して、皇子宮に引き取ることを書き記して返信する。

仙児を呼び出し、小林に報告を求める。仙児はすぐに出て行って、半日後に帰ってきた。

「保寿宮には、陶紹なる通貞はおりませんでした。名は明らかではありませんが、非常に賢い通貞がいたことは突き止めました。しかし、すれ違いでほかの宮に移されたようで、いまはその者の行方を捜しているところだそうです。そこで、奴才の判断で、通貞であれば、誰もが必ず一度は立ち寄る浣衣局《かんいきょく》へ行ってみました」

「浣衣局？」

「宦官《かんがん》の服や寝具を洗う部署です。新米の宦官や通貞は、そこで自分の寝具や衣を洗わねばなりません」

「そこで、陶紹を見つけたのか！」

陽元は勢いこんで訊《き》く。

「いいえ。ただ、そこの洗濯女と親しくしている『小陶《しょうとう》』なる通貞がいることはわかりました」

「その者だ！」

仙児は薄い微笑を浮かべて、首をかしげた。

「太子がお捜しの通貞ですが、もしかしたら、官家の出で昨夏の初めに入宮した者でしょうか。それならば、奴才《わたくし》はその小陶を知っているのではと思います」

「いつからだ！　この半年あまりも、陶紹はこの後宮のどこで何をしていたのだ」

仙児は陽元の剣幕に圧《お》されて少し身を退いた。

「奴才が小陶と関わったのは、小陶が見習い期間を終えて入宮したころです。官家落ちの子息が入ってきたということで、奴才らの間では話題になっていました」

仙児はときどき皇子宮からいなくなる。皇太子付きになる前は、鐘鼓司の学芸員見習いだったので後宮では顔が広い。通貞では古参でもあることから、新人の教育にかり出されるのだとは陽元も聞いていた。

「官家落ち？」

「大事に育てられた官家の子息は、他人に蔑《さげす》まれた経験もなく、こき使われたこともありません。奴隷の身分に落とされた官家落ちが、宦官教育と後宮の中でどれだけもつか、我々の間では賭《か》けの対象になります」

陽元は拳《こぶし》を握りしめて仙児をにらみつけた。

「そなたらは――」

ぎりぎりとした腹の痛みに、陽元は言葉が出ない。だが仙児は落ち着き払って言葉を続けた。

「奴才は陶一族の獄について知っておりましたし、太子が陶大官を庇《かば》ったために罰を受けたことも知っていました。ですから、官家落ちの少年と聞いて、陶家ゆかりの者かもしれないと思い、見に行きました。陶姓であることしかわかりませんでしたので、とりあえずあまりひどい目に遭わないように目を配っていました」

「なぜすぐ、わたしに報告しなかった！」

「太子はあの獄のあと、宮では陶大官の話は一切されなかったので、どのようにお考えだったのか、奴才にはわからなかったのです」

陽元の煮えていた腹が急速におさまった。仙児の言うとおり、陶紹については、陽元は皇子宮の誰にも語ったことはなかった。

陽元は自分が気にかけていること、好ましいと思っているものについて、遊び相手の通貞にさえ、滅多に口にしない。どこから陽元の言葉が漏れて、永氏の耳に入るかわからないからだ。大切にしているものを、いつもいつも取り上げられるわけではないが、それでも陽元は本心を他者に話すことには慎重になっていた。

「だが、そなたは陶紹のことを気にかけてくれていたのだな」

「太子の助命嘆願に同行して罰を受けた通貞は奴才の舎弟です。紫微宮での一部始終を聞きました。太子ご自身が罰を受けるのも覚悟で助けたかった陶大官に関わることですから、もしご家族であれば無事に勤められるようにと、陶公子の境遇についてはできる範囲でお助けしました。保寿宮へ配属になってからは、連絡をとっていませんが――妃宮は古参の宦官に仕えるよりも仕事は楽ですから、あまり心配はしていませんでした」

陽元は、遊び相手としか見ていなかった仙児が、目端の利く賢い少年であったことに驚く。いままで自分の目は何を見てきたのだろう。宦官も通貞も縦と横のつながりがあり、それぞれに考え行動していることに、まったく無関心であったとは。自分はいったいどれだけ愚かなのだろう。

陽元は近くの椅子にどさりと腰を下ろし、頭を抱えた。

側に仕える者たちに、興味や関心を持たなかったのは、永氏の息のかかった側近を煩わしく思っていたせいもある。だが、だからといって、陽元のために尽くす用意のあった者たちの為人《ひととなり》まで見過ごしていたことは、とても賢明とは言えない。

このように頭が悪く、観察力もなければ洞察力もない。こんな愚昧《ぐまい》な自分が、本当に天子になどなれるのか。なれたとして、国が滅んでしまわないだろうか。

「それで、陶紹を見つけ出すために、そなたは何ができる？」

「小林《しょうりん》の話では、小陶は劉徳妃お気に入りの内官を怒らせたようで、別の部署に異動させられたようです。別の妃宮であれば、時間はかかりますが舎弟を使って探り出せます。罰として浄軍《じょうぐん》に落とされているとしたら、捜すのは難しくありませんが、すでに手遅れかもしれません」

「浄軍？」

「宮城では排水路や殿舎の清掃、荷運び、各種の工廠《こうしょう》での労働を担う宦官のことを、浄軍宦官と称します。その層の宦官は大変荒れていますので、眉目秀麗《びもくしゅうれい》な官家出身の通貞はひと月ともちません」

「すぐに捜し出せ！」

「御意」

陽元の焦慮に満ちた命令を遂行するために、仙児はすぐに退出した。

仙児が戻るまで、陽元は苛々《いらいら》と宮室を歩き回った。時間はどんどん過ぎていき、宮城内の門がすべて閉ざされる刻限が近づいてくる。今日中に見つけられなければ、明朝の開門まで捜索は保留になる。仙児が閉門に間に合わなければ、かれまで巻き添えになってしまう。

陽元はうなり、時に頭を抱えた。たびたび外に出ては、傾いていく太陽がそれ以上沈まないように祈ることしかできない自分が歯がゆい。

刻限ぎりぎりに戻った仙児は、陶紹は浄軍に落とされていなかったことを告げた。

陽元はほっとして足から力が抜け、そばの卓に手をついた。

「では、いったいどこへ行ってしまったのだ」

「小陶の美貌《びぼう》は評判でしたので、保寿宮を追い出されていたとしても、いずれかの妃嬪《ひひん》か、内侍省高官の内弟子として引き取られたことは十分に考えられます。ですから、捜すところはまだまだあります」

陽元は気が遠くなりそうになった。後宮とはどれだけ広く、そして深いのだろう。ひとりの人間が、あまりにも簡単に沈んで見えなくなってしまう。

その夜は寝台に入ってもなかなか眠れず、やっと眠りに落ちたと思えば不吉な夢で目が覚める。夜明けに侍従に起こされたときも、頭がぼんやりとしていた。

陽元が皇后宮での朝食を終えて皇子宮へ戻ると、仙児が小林を連れて待っていた。

仙児のにこやかな表情に、陽元の胸はどくりと跳ねる。

「見つかったか！」

「はい。灯台下暗し、でした。小陶は鐘鼓司《しょうこし》に転属させられていました」

と仙児が答え、小林があとを引き取った。

「新入りの中に、十二歳くらいの小陶なる者がいましたので、呼び出したところお捜しの通貞と一致しました」

した。

「どうしてここへ連れてこなかった？」

陽元が摑《つか》みかかりそうな勢いで詰め寄ったので、小林《しょうりん》はたじたじと下がって膝《ひざ》を落とした。

「連れてくるようにとは、伺っておりませんでしたので」

確かに、捜せとは言ったが、皇子宮まで連れてくるようにには言わなかった。

「鐘鼓司へ行く！」

陽元は宦官らに輿《こし》を用意する暇も与えず、さっさと宮を出て永寿宮の門を駆け出した。高い壁に挟まれた後宮の通路は、両側に雪がかき寄せられていたために、屋内用の沓《くつ》を履いていた陽元は、滑って転びそうになる。

「太子！」

仙児と小林が急いであとを追ってくる。いくつかの妃宮門を通り過ぎた陽元は、十字路で立ち止まって振り返った。

冷気に当たった頰は上気して赤く染まり、肩を上下させ白い息を吐いて叫ぶ。

「鐘鼓司はどっちだ？」

「こっちです」

小林は陽元を追い抜いて、次の角で右へ曲がった。大きな門を二つ抜けて、さらにもうひと区画走る。雪が融《と》けて夜の間に凍った石畳でたびたび滑っては、転ばないように足に力を入れるために、足も肺もひどく疲れる。

やがて小林はひとつの門の前で立ち止まった。陽元が追いつくのを待つ。門の上部には『鐘鼓司』と書かれた扁額《へんがく》がかかり、その扉の向こうからは、朝から楽器や歌声、気合いの声が聞こえる。

「開門！」

予定にない訪問者を迎えた門番の宦官《かんがん》らは、ひどく慌てた。皇太子の顔を知らずとも、後宮で鮮やかな刺繍《ししゅう》の入った絹の曲裾袍《きょくきょほう》を着ている男子は、皇族以外にあり得ない。なんの先触れも受けていないが、とりあえず門を開けて陽元を中に通した。

「小林、案内せよ」

連れて行かれた堂宇のひとつでは、ひとりの宦官が十人あまりの通貞に発声を練習させていた。通貞たちはいきなり開かれた扉と吹き込んできた冷気に驚き、闖入者《ちんにゅう》へと一斉に振り返る。

「紹！」

陽元はその中のひとりへと迷わずに進んだ。

陶紹は目を丸く見開いて陽元の顔を見上げ、「殿下？」と声をださずに口を動かした。あとからついてきた小林と仙児へと目を移し、「仙児」とつぶやいてから陽元へと視線を戻す。

陶紹の面から驚きが消え、生真面目な表情に塗り変わる。カラクリ仕掛けじみた仕草で両手を組み、両膝をついてこうべを垂れた。

「皇太子殿下に拝礼いたします」

そう言って、さらに床に着くまで、深々と頭を下げた。

唖然《あぜん》としていた周囲の者たちも、同様にバタバタと膝を折る。

陽元もまた冷たい床に膝をついて、陶紹の両肩に手を置いた。

「わたしの目が届かず、すまなかった。名聞にはそなたらを守ると約束したのに、何も知らずに、何もできなかった。紹が無事でよかった」

涙ぐみ、声を震わせて紹の腕を握り、立ち上がらせる。

「まもなく名聞が出仕する。名聞はそなたがとっくにわたしに仕えているものと思っていたし、わたしはそなたが自宅で父の看病をしているものと思い込んでいた。まったくとんだ行き違いだ。さあ、そなたもわたしの宮で師父を迎えねばならぬ」

目を赤くした陽元は、袖《そで》で顔を拭《ぬぐ》いながら、もう一方の手を陶紹の腕から離さない。陽元は陶紹の腕を握ったまま、呆然《ぼうぜん》とふたりを眺める一同の前をずんずんと通り過ぎ、戸外に出る。

雪を蹴《け》りながら、陽元は満面に笑みを広げて陶紹に話しかけた。

「そなたの好きだという軍記物は読み終わったぞ。三回は読んだ。意味のわからないところがあったが、そなたはどう思った？」

「え、あの――どれの軍記ですか」

陶紹は戸惑った口調で問い返す。

「八巻あるやつだ」

「あれは五巻が出る前に牢《ろう》に入れられたので、そのあとはまだ読んでおりません」

「ではわたしの宮にあるから早く読め。ほかにも、名聞が送ってきた書物がたくさんある。名聞と紹は、俗な書物も読むのだな。流行《はや》り物の小説は面白かった。そのことを誰かと話したくてずっと我慢していたのだ」

最後に会った北斗院での続きのように、陽元はうきうきした声で言った。

勝手に鐘鼓司の通貞を連れて帰って皇太子付きにしたら、永氏はまた干渉してくるだろうか。陽元の胸にそんな不安がよぎったが、顔には出さなかった。侍従が告げ口しようと、永氏に罰を受けようと、こんどは絶対に譲るものかと陽元は心に誓った。

もしも御嫡母様が陽元から陶紹を取り上げるなら、皇太子なんかやめてやる。陶親子と恭王にもらった犬を連れて、後宮も宮城も出て行ってやるのだ。出て行ってどうするかわからないが、恭王に相談したら兵士にしてくれるだろう。軍記物を読んだくらいでは兵士になれないだろうから、兵法書もちゃんと持って行こう。たくさん勉強したら将軍くらいにはなれるかもしれない。

だいたい自分は頭が良くない。好きなものも手放したくない。そんな自分は天子だの太子だのは向いていないのだ。恭王みたいな賢い指揮官の下で、突撃隊長くらいがちょうどいい。恭王の城は海に近いという。海ってどんなだろう。

陽元の胸は外界と未来に向かって、どんどん膨らんでいく。

　皇子宮へ戻った陽元は、陶紹を居間に落ち着かせ、すぐに側近に迎えられなかった理由を話した。後宮に出仕したらすぐに皇子宮へ配属するようにとの内侍省への通達は、陶名聞の療養が長引いたためにうやむやになり、陶紹の入宮が見過ごされてしまったこと、春節の賀会で紹の姿を見かけるまで、まだ父子《おやこ》はともに自宅にいるものだと思い込んでいたことを話して、赦《ゆる》しを請う。

　陶紹は畏《かしこ》まって陽元の謝罪を遮った。

「太子殿下が臣に謝ることはございません。手続き上のすれ違いがあったのだろうとは、予想はつきましたし、あるいは――」

　陶紹は言葉を濁して口を閉じた。

「あるいは？」

「罪人の子が皇太子に仕えることを、望ましく思わない筋が動いたのかとも。また、父がいつまでも出仕せず、連絡もつかないため、殿下はわたし――奴才を見失われてしまったのかもしれない、といろいろ考え――殿下？」

　陽元は広げた両手を陶紹の肩に回して引き寄せた。

「そなたは罪人の子ではない。なんの罪もない。わたしがもう少し賢ければ、そんな目に遭わせずに済んだのに。とっくに後宮にいたことがわかって、捜したぞ。わたしが動けないので、仙児がよくやってくれた。そなたたちはずっと前に知り合っていたとは――あ、すまない」

陶紹が自分の腕の中で体を硬くしている感触にはっとして、陽元は手を離した。

「勝手に触れてしまった。不快にさせたか」

家族でもないのに、肩を抱いてしまったのは礼に反する。それ以前に鐘鼓司からずっと腕を握って引っ張ったりもした。不安げに顔をのぞきこんでくる陽元に、陶紹はにこりと微笑んだ。

「いえ、殿下はわたしの身を案じて触れてくださったことがわかりますので、むしろ嬉《うれ》しく感じました」

「そうか、そうか」

陽元は喉《のど》を詰まらせては、何度もうなずいた。

そこへ、「太子」と宦官のひとりが遠慮がちに声をかけた。陽元はぎくりとした顔で思わず立ち上がる。

「北斗院の講義をすっぽかしてしまった。御嫡母様に知られたら一大事だ」

陽元は宦官に輿を用意させ、仙児に命じて大急ぎで支度を済ませた。

「仙児、紹の世話はそなたに任せる。いい部屋をあててやれよ」

そしてまさに竜巻の勢いで皇子宮を出て行った。

秘密の宝

「慌ただしいお方でおいでだろう？　我らが太子は」

仙児はにんまりと微笑んで、陶紹についてくるよう手招きした。

「それで、保寿宮からは追い出されたのか」

仙児が肩越しに振り返って訊《たず》ねる。仙児の方が頭半分以上も高いので、陶紹は軽く見上げてから、曖昧《あいまい》にうなずいた。

「保寿宮の劉徳妃って、おまえの大伯父《おおおじ》を弾劾した劉大官の娘だっけか」

「姪《めい》」

陶紹は短く答える。

「収穫はあったのか」

陶紹ははっきりと首を横に振った。回廊の手摺《てす》りの向こうに広がる庭を眺め、氷の張った蓮《はす》の池の辺に並ぶ木立に、冬でも葉の散らない常緑の小高い木を見つけて目を細める。仙児の背後で、陶紹の頬にかすかな笑みが浮かんだ。

「鐘鼓司への転属で運が良かったたな。おれはおまえが敵討ちでもやらかして、浄軍に落とされたんじゃないかと気が気でなかった」

「劉徳妃には、近づけませんでした。嬪《ひん》の修儀《しゅうぎ》と容華《ようか》がわたしを取り合って揉《も》めたので、保寿宮にいられなくなったのです」

陶紹は人ごとのような口調で、淡々と話す。

「王修儀《おう》か。あいつは性悪だからな。同姓だと思うと身震いがする。まあ、命あっての物種だ。弾劾の真相を知りたかったら、もっと年を取って、智慧《ちえ》と力がついてからにしろよ」

「そうですね」

気のない陶紹の相槌《あいづち》に、仙児は立ち止まって振り返った。陶紹もぴたりと足をそろえて立ち止まる。

「だから、おれが言った通り、修業が終わったらすぐに皇子宮へ来れば良かったものを。世間知らずの官家のおぼっちゃまに何ができるもんか。見つかって正体を暴かれて、摘《つ》まみ出されるのがオチだ。って、おれの言った通りになったろう」

「あのときは――」

陶紹はうなずくとも、首を横に振るともつかない仕草でかぶりを振った。

仙児が自分に接近してきた理由を知ったとき、父はすでにこの世にいないのでは、と考えていた。皇太子の股肱《ここう》となるために、親子でともに後宮へ上がるのだ、と言っていた父は、術後は連絡が途絶えた。去勢手術で命を落とすことは滅多にないという話ではあったが、稀《まれ》に体力がもたずに、あるいは傷が治るまで渇きに耐えられず水を飲み、助からない者もいるという。

陶紹が回復して蚕室《さんしつ》を出されたとき、父は迎えに来なかった。代理や使いの者も寄越《よこ》されなかった。一般の見習い宦官《かんがん》として、大部屋に放り込まれた陶紹がどれだけ待っても、父も皇太子も、誰ひとり、かれを捜しに来なかった。

仙児と知り合ったのはそのころであったと、陶紹はぼんやりと覚えている。

抜群の記憶力を誇る陶紹ではあったが、その当時の記憶はあまり鮮明ではない。宮刑を受ける直前まで、陶紹が短い生の中で築き上げてきたもの——官家の誇りであるとか、神童の誉れといった自尊心、そして学問への熱情、あるいは自我そのものまで——を、すべて削《そ》ぎ落とされて、他人のいいなりになるだけの奴婢《ぬひ》に生まれ変わる過程の日々は、ただもう下を向いて時が過ぎ去るのを待つしかなかったからだ。

後宮の掟《おきて》と行儀作法、そして目上に対する絶対の服従を心身にたたき込まれた新人は、見習い期間を終えると容姿で選別された。色艶《いろつや》も味も、選《よ》りすぐった果実だけが貴人の食卓に供されるように、見目麗しい者だけが妃嬪《ひひん》や皇族の宮殿に仕えることができる。

後宮における行儀作法の修業が終わり、配属先が決まるころだった。仙児が陶紹を呼び出して耳打ちした。

——皇太子付きの通貞になれるよう、おれが太監に口を利いてやるよ。

陶紹はそれまでに、他人の親切を無条件に信じることのできない経験を積みすぎていた。それは後宮に入るよりももっと以前から、直近の家族と伴侶《はんりょ》と定めた人間以外は、信じるべきでないという教訓を、一族の家塾から太学での、他者との軋轢《あつれき》によって得ていたのだ。

また、過酷な新人教育の間、陶紹が受けるはずであった虐待から、仙児が陰に陽に庇《かば》ってきたことは確かであったが、それ以上に、仙児が陶紹に仕込んだ一連の『行儀作法』は、学問以外に世界を知らなかった少年の尊厳を、徹底的に踏みにじるものであった。

仙児に教え込まれたもろもろの技を、父の教え子である陽元に行使するなど、死んでもできないと決意するほどの理性は、まだ陶紹に残っていた。

さらに仙児の言葉は、胸の奥深くに眠らせていた陶紹の自尊心を蘇《よみがえ》らせた。

なぜ、皇太子本人ではなく、側付きの仙児が間を取り持つのでなくては、陶紹は陽元の近くに行けないのか。生死がいずれであれ、もう父は後宮には出仕できなくなったのであろうか。

皇太子は父の陶名聞を慕っているのであって、陶紹のことを詳しく知っているわけではない。童試の一番大事なときに、父の名聞は皇太子の教育のために家にいる時間がほとんどなかった。そのことで陽元を恨むのは筋違いと陶紹は自制していた。しかし、初めて会ったときには、正直なところとても失望した。三年近くも陶紹の父を独占していたわりに、学問が驚くほど進んでいなかったからだ。

もともと内向的で人見知りの強い陶紹は、陽元にはさらによそよそしく接した。気が合うという手応《てごた》えもなく、父が側近として仕えるのでなければ、陶紹がいようといまいと、陽元にとってはどうでもよいことなのだろう。だから、それまで何の音沙汰《おとさた》もなかったのだ。

それに、そのころの陶紹は、陶家の獄と大伯父が弾劾されたときの噂を、真偽にかかわらず大量に耳にしていた。大伯父を弾劾した人物の血縁が、後宮にいて高位の妃《きさき》となっていることも。そこで、太監が通貞の姓名と通名を載せた札を配属先に並べていたときに、隙を見て劉徳妃を筆頭とする保寿宮の欄に、自分の札を滑り込ませた。

当時のことを思い返した陶紹はふうと息を吐き、ほのかに微笑んで仙児を見上げた。

「もし殿下がわたしを覚えておいでではなかったらと思うと、とても皇子宮に上がる勇気は持てませんでした。仙兄も殿下の胸中については、何も言ってくれなかったじゃありませんか」

実際、何かの行事の折りに一度か二度、陽元とすれ違ったことがあるが、まったく気づく気配もなかったのだ。さすがに神童の誉れ高かった官家の御曹司が、女装して着飾り、妃嬪の側に侍《はべ》っているなど、想像もしなかったのだろう。

陶紹の詰《なじ》るような口調に、仙児はにっと笑った。

「そうだな。正直おれも太子がどうお考えなのか、はっきりとは聞いてなかったから。ただ、陶大官とその令息の命乞《いのちご》いに、大家《ターチャ》の宮まで直談判に行ったくらいだから、思い入れは相当あるはずだとは思っていた。実際、そうだったろ?」

自信たっぷりに、少し恩着せがましい空気を漂わせて仙児は断言した。陶紹は逆らわずに微笑み返す。

「はい」

まあ、いい。と陶紹は思った。

再会したときは、陽元が泣きだすほど自分の身を心配していたとは、陶紹は想像もしていなかった。前にも感じたことだが、皇太子にしては子どもっぽいところがある少年だ。市井の子女ならともかく、宮廷や官界で生きるには、陽元は善良に過ぎるきらいがあるように思われる。

家塾や国士太学の青少年らのように、常に尻《しり》を叩《たた》かれて競争しなくてはならない官家の子息や、自分の食い扶持《ぶち》を確保するために、男子を捨て宦官となる道を選ぶ少年とは無縁な育てられ方をすると、あのように無防備な人間になるのだろうか。

陶紹との再会と無事を、手放しで喜ぶ陽元の顔を思い出し、陶紹はふたたび蓮池《はすいけ》のほとりにたつ無憂樹《むゆうじゅ》へと流し目をくれた。

陶紹が新しい部屋に落ち着き、皇子宮での役割を説明されているうちに、午後も遅くなった。通貞のひとりが心配そうに永寿宮の門へ顔を向けてつぶやいた。

「太子のお帰りが遅いです。何かあったんでしょうか」

以前は正午を過ぎても外廷から戻らないことが多かったという。名聞が教鞭《きょうべん》を執っていたころの話だ。新しく任命された太子傅が学問を教えるようになってから、陽元は正午には皇子宮に戻ることが定例となっていたので、通貞らの日常は規則的であった。

仙児が物憂げな眼差《まなざ》しで、皇后宮へと顎《あご》をしゃくった。

「また、立たされているのかも知れない。だれか、娘娘の宮へ行って見てこい」

さきほどつぶやいた少年が「はい」と叫んで走り去った。

陶紹は首をかしげて仙児に訊《たず》ねる。

「太子が立たされているって、どういうことですか」

「娘娘に無断で小陶を鐘鼓司から連れ出したことで、お叱りを受けているかもしれない。前におまえと親父さんの命乞いのために紫微宮へねじこんだときは、皇后宮の外に一日じゅう立たされていた。今回は後宮内のことだから、もう少しゆるいお仕置きですむとは思うが」

陶紹は衝撃を受けて、口の形を「え」と開けたまま絶句した。

皇族の子弟には、体に傷がつくような体罰は禁じられていた。とはいえ、仕置きがないわけではなく、皇太子といえど例外ではなかった。

「また、ということは、よくあることなのですか」

「娘娘のご機嫌次第だが、一刻くらいならよくあることだ」

陶紹が心配して皇子宮の階《きざはし》まで見に行くこと三度目、陽元は何事もなかったように意気揚々と帰ってきた。迎えに出る宦官や通貞らの前を素通りして、陶紹と仙児を招き寄せる。奥の宮室の前で、くるりと振り向いた。

「仙児、表を見ていてくれ、誰も中に入れるな。紹はこちらへ」

陽元の寝室であった。陶紹はまさか初日から寝室に連れ込まれるとは思っていなかったので、ひどく落胆して陽元のあとについて行った。再会したときの感動も、急にしぼんで汚らわしく思えてくる。

陽元はとっくに仙児の毒牙《どくが》にかかっていたのか、そして自分もまた、仙児の思惑通りに皇太子の堕落に手を貸すことになるのだろうか。父の名聞がこの顚末《てんまつ》を知れば、恥辱と後悔のあまり自刎《じふん》しかねぬほどに絶望するであろうと、胸を痛めた。

陽元は扉を閉めて中から閂《かんぬき》をかけた。まっすぐ寝台へと進むと、寝床には上がらず、しゃがみ込んで寝台の下に潜り込む。寝台の下からガタガタと床板を剝《は》がす音がしたかと思うと、やがて大小の箱を抱えた陽元が頭に綿埃《わたぼこり》をつけて這《は》い出してきた。

「わたしの宝物だ。誰にも見せたことがない。紹が初めてだぞ」

満面に笑みを広げて、陽元は籐《とう》の行李《こうり》や桐の箱の蓋《ふた》を開ける。

籐の行李には、泥のついた古ぼけた小太鼓や、脚の折れた木彫りの小さな馬、藤の花の刺繡《ししゅう》がされた黄ばんだ手巾《しゅきん》、色のきれいな小石や小岩、穴のあいた木の玉、生きていたときは七色に輝いていたであろう甲虫の干からびた死骸《しがい》、木の皮や竹で作ったおもちゃなどは、すっかり乾ききっていまにも崩れそうであった。陽元は行李の底から小さな箱を取り出す。その箱にはきれいな貝殻と犬笛が入っていた。

「東の州に赴任した恭王が、送ってきた。紹は海を見たことはあるか」

「いえ、ありません」

「北天江《ほくてんこう》よりも広くて深いんだそうだ。父帝の代ではまだ東へは巡幸していないから、われらもいつか海を見に行けるかもしれない」

桐の箱からは、陶紹にも見覚えのある読本が何冊も出てきた。

「名聞が送ってきた、紹の愛読書だ。書籍まで隠さなくても大丈夫かとは思ったのだが、俗本だとわかれば取り上げられるかもしれないから、紹に返せるまでは隠しておこうと思った」

「取り上げられるって、誰にですか。それにどうして隠す必要が」

「御嫡母様だ。天子になるものは、ものに執着してはならないという。だから年齢に合わなくなった玩具《おもちゃ》や読本、幼い子どもが集めるようなガラクタは手放さなくてはならない。年に二度から三度は、御嫡母様がわたしの持ち物を調べて、必要なくなった物を処分なさるのだ。だけど、古くて壊れていたって、捨てたくないものはあるだろう？」

陽元は古ぼけた小太鼓を拾い上げた。

「これは、最初の乳母がわたしをあやすのに使っていた。こっちの手巾は二代目の乳母が置き忘れた物だ。いつか取りに戻ってくるかと思って、捨てられなかった。この木馬は前の侍従が彫ってくれたやつだ。ときどき出して眺める」

泥がついているのは、捨てられないように庭に埋めて隠していたからだと言って、陽元は笑った。少し大きくなってから、異母兄の恭王が寝台の下に隠すことを教えてくれた。有事に備えて、どの寝室にも床下にひとりかふたりは身を縮めて入れる隠し部屋がある。有事というのは宮城が敵に襲われたときの隠れ場ではあるが、これは宦官《かんがん》でさえ知らない。

「御嫡母様に捨てられたくないものは、ここに隠しておけばいいと知恵をくれた。執着を捨てないと、よい天子になれないとわたしが言ったら、隠し部屋に捨てたと思えばいいと。なるほどと思った。恭王は賢い。この宝の隠し場所は、仙児はもちろん、誰も知らないから、紹も秘密を守れよ」

陽元は陶名聞が送ってきた書籍を積み上げて、紹の前に押し出した。

「面白かった。紹も早く読み終えて、思ったことを話そう。通貞に書を読める者はいないし、宦官に見せたらすぐに御嫡母様に注進するから、下手なことは言えない。紹が来るのをずっと楽しみにしていた」

にこりと笑ったものの、すぐに表情を曇らせる。

「問題は、天子たる者は人間に執着するのもよくないと、御嫡母様が考えておられることだ。だからわたしの宮では乳母も侍従もどんどん替わる。気に入った宦官や通貞は、えこひいきの元だと言って、すぐに配置換えになってしまう。紹もすぐに別の宮に移されるといけないから、そういうことにならないよう、今日は父帝にお願いしてきた」

「陛下に？」

「紹をそばに置きたい理由が、執着やえこひいきではないことを、きちんと申し上げたのだ。だって、紹は神童で、千年にひとりの逸材なのだろう？　なのに妃嬪《ひひん》の酌をしているなんて、国家の損失だと申し上げた。学のある宦官が足りなくて、内侍省はいつも人手不足だというし。優秀な紹が書を読む相手を務めたら、わたしももう少し学問に身が入りますとね」

父帝に直接掛け合ったのは、永氏では嘆願を握り潰《つぶ》される可能性があると陽元は考えたからだ。

「父帝のご許可は得てきた。これで、御嫡母様も口出しはできない。隠し部屋を紹の部屋にしなくてすんだぞ」

陽元は自分の冗談に笑い声を上げた。陶紹の言葉も待たずに、行李と桐の箱に蓋をして寝台の下へ潜り込む。

陽元の子どもっぽさを、皇太子にふさわしくないと感じていたかつての自分を、陶紹は激しく悔やんだ。同時に、宮刑を受けて後宮入りするずっと以前から、このような無邪気さをどこかに置き捨てていた自分が、ひどく俗塵《ぞくじん》にまみれた厭《いと》わしいものにさえ思われた。

童試にかけた両親の期待は確かに重かったが、無理矢理に学問を押しつけられたわけでもなく、試験のために好きなものを取り上げられたこともなかった。許嫁《いいなずけ》との婚前の交際まで公認されていたほど、陶紹の家庭は厳格とはほど遠い環境であった。だが、それが故になおさら、早く周囲に認められようと背伸びをして、自ら捨ててきたものの、なんと多かったことか。

鼻の奥がぎゅっと熱く湿ってくる。孤独な環境で少年の心を失わずまっすぐに生きている陽元のそばで、陶紹も子どもの時をやり直せるかもしれない。こみ上げる涙で視界がぼやける。床に座り込んだ陶紹の膝《ひざ》に、ハラハラと透明な滴が散った。

陽元は隠し部屋の羽目板を閉めて、ふたたび這い出し立ち上がった。陶紹は慌てて袖《そで》で顔を拭《ぬぐ》う。

「明日は恭王が贈ってくれた犬を見せてやる。ただ、愛玩《あいがん》用の小さな犬ではない。狩猟用の大きくて強い犬だ。紹は犬は大丈夫か。宮の弟妹はひどく怖がるが、とても馴《な》れているので、吠《ほ》えたり嚙《か》みついたりしない」

陽元は話しながらすたすたと扉に向かう。

陶紹は何巻もの竹簡を両手に抱えて、陽元のあとを追った。寝室に足を踏み入れたときよりも、はるかに浮き立った気分と、軽い足取りで。

東春宮

長いようで短い二年が過ぎ、閉ざされた宮殿のうちで少年たちが学んで遊んでいるうちに、陽元は加冠の儀を迎えた。永寿宮の皇子宮を出て、後宮の反対側にある東鴦宮《とうおうぐう》の東春宮に自身の宮殿を構える。そこは皇帝の後宮を縮小した殿舎が連なり、外廷へ直接続く門もあれば、高い塀に囲まれた後宮もあった。

「冠をつけて、妃《きさき》を持てば一人前か」

鏡をのぞき込み、儀礼用の象牙《ぞうげ》冠に触って角度を確かめながら、陽元は衣装の帯を結ぶ陶紹に話しかける。

「世間では、そのように言われています」

「そなたも、十五になるのだな。わたしより先か、後か」

「四ヶ月ほど、太子の月下になります」

「ほかの者はどうだ。仙児など何年も前に十五を通り越しているだろうに、いまだに童女の格好をしている。似合っているからかまわぬが。成人すると仕事が増えるのがいやで通貞のままでいるのか」

陽元が首をかしげると、象牙冠に挿した長い笄《こうがい》の両端に下がる金鎖と玉が揺れ、さらさらと音を立てた。

「仙児兄は華やか好きですから、辛気くさい宦官服よりも、女装している方が気分がいいのだそうです。化粧も上手ですし、鐘鼓司で舞や曲芸の指導を受けているときは、とても楽しそうにしています」

「だが、鐘鼓司の俳優にはなりたくないようだ。仙児は気働きが利くから、わたしとしても手放すのは惜しい。仙児が舞や芝居を好むのならば、この宮で続けても構わぬ。御嫡母様の永寿宮と東春宮とは離れているから、音曲や芝居をかけても、うるさいと文句は言われぬだろう」

「あまり、派手になさらなければ、大丈夫かと」

陶紹は太子の袍《ほう》の衿《えり》を整え、一歩下がって帯の折り返しの長さを検分した。気に入らなかったようで、ふたたび膝をついて帯をもう少し引き出す。

「そういえば紹の舞は見たことがないな。習ってないのか」

「奴才は楽器をいくつか習っています」

「舞楽よりも、武芸の方が面白いぞ」

陶紹がふたたび立ち上がって一歩下がる。陽元は両手を上げて袖を広げ、陶紹が帯との兼ね合いを検分しやすいようにした。

そこへ、噂の仙児が現われた。

「内官のみなさまが、広間におそろいになりました」

侍従が迎えに来て、陽元の先導をしてゆく。陶紹と仙児は後に残って部屋をかたづけた。仙児がにっと笑って、陶紹をそそのかす。

「さっさと終わらせて、お妃様方を見に行こう」

「侍従さんに叱られませんか」

懐疑的な陶紹に、仙児が手を振って笑う。

「大丈夫さ。ばれないように、宮官《きゅうかん》に変装すればいい。そこへ座れ」

そして、懐から薄い箱を取り出し、中から白粉《おしろい》と紅、刷毛《はけ》や筆を出して卓の上に並べた。

新しい宮に引っ越し、一度に大勢の人間が入ってくるこのとき、できるだけ新入りの顔は覚えておきたいと陶紹は思っていた。特に女たちは何度でも観察しておかなければ、見分けがつかない。

「あんまり美人には仕上げないぞ。目立ってしまうからな」

手際よく陶紹と自分の顔を宮官のそれに仕上げ、髪を結い直し控えめな簪《かんざし》を挿す。ふわりとした水色の深衣を羽織らせて薄桃色の帯を腰に巻き、仕上げとして帯に佩玉《はいぎょく》を下げれば、ひと組の宮官のできあがりだ。陶紹と仙児はくすくすと笑いながら庭を横切り、厨房《ちゅうぼう》を回った。仙児が水瓶《みずがめ》を、陶紹が茶杯を置いた盆を捧《ささ》げて持ち、尚食の宮官のふりをして広間へと忍び込んだ。

皇太子の内官に選ばれたのは、二十人の十代の少女たちであった。どの少女も家柄の良い官家の見目良い令嬢ばかりで、皇太子宮を華やかに彩る。将来の皇后はこの少女たちから選ばれる可能性が大きい。

ただ、金椛国には決して口にされることのない厳格な法律があるために、皇太子の寵《ちょう》は得ても、皇后になりたい内官はいなかった。ひとりひとり粛々と自己紹介して、侍従から位号を刻んだ佩玉を受け取ると、うつむいたまま陽元の前を下がってゆく。

おしまい近くの方で、内官の手を引いて前に出る宮官に目を留めた陶紹は、危うく盆を取り落としそうになった。カタリと音を立てた陶紹を、仙児は横目で厳しくにらみつけた。さいわい、居並ぶ内官も宦官《かんがん》も物音に注意を払うことはなく、内官らの顔見せが終わった。

　退屈そうにしていた陽元は、解散を告げて退出した。蒼白《そうはく》になって呆然《ぼうぜん》としていた陶紹は、仙児にせっつかれて我に返った。

「どうしたんだ。幽霊でも見たような顔をして」

「あ、いや」

　陶紹は呑《の》み込もうとした唾《つば》を喉《のど》につかえさせながら、小声で応じる。

「侍従に見つからないうちに、帰るぞ」

　早足で先を急ぐ仙児のあとを、陶紹も小走りで追いかけた。

　陽元よりも先に皇太子の宮室へ滑り込み、化粧を落とす。何食わぬ顔をして陽元と侍従の帰りを迎えた。

　侍従を下がらせた陽元は、黙って両手を広げた。仙児は象牙冠を外し、普段用の略冠に付け替える。陶紹が儀礼用の袍を脱がせると、仙児が室内着に着替えさせる。

　その間、陽元はずっと無言だった。

　陶紹と仙児が衣装を片付けるため、下がろうとする。

「紹は残れ」

　陶紹が戸惑いの視線を仙児に向けると、仙児はにっと笑ってひとりで衣装を抱えて出て行った。陶紹は室内に残ったが、陽元は椅子に腰掛け、卓に肘《ひじ》をついて爪をかみつつ虚空を見つめている。人払いをしたときは、陶紹から話しかけることは許されているのだが、黙って陽元が言葉を発するのを待った。

しかし、室内が静かすぎて、陶紹は先ほど広間で見た光景を思い出し、注意が散漫になる。世婦《せいふ》の手を引いて進み出た宮官の少女――

陽元が身じろぎした気配で我に返った陶紹は、かすれた声をかけた。

「もしもお望みでしたら、お茶を淹《い》れましょうか」

陽元はかすかにうなずき、小声で「うん」と言ったきり、また黙ってしまった。

陶紹はとりあえずやることができたので、部屋の脇にある茶棚から焜炉《こんろ》を出して火を熾《おこ》した。湯を沸かす間に茶葉を選び、茶器を取り出す。

熱い湯で茶を淹れると、馥郁《ふくいく》とした白茶の香りが室内に漂う。陶紹は茶杯を陽元の前に置いた。陽元は茶をすすり、ふうとため息をついた。

「今夜、あのなかの誰かと寝台をともにしなくてはならない」

「それが、太子のお役目のひとつですから」

陶紹の答に、陽元は苦笑を返す。

「たとえば、わたしがあのうちの誰かを気に入ったとして、ほかの妃よりも多く通うことにしたら、それは執着と御嫡母様は判断されるのだろうか」

「妃嬪《ひひん》となれば、物や使用人とは違いますから、太子がいずれの妃をご寵愛《ちょうあい》なさっても娘娘は口をお出しにはならないと愚考いたしますが」

茶杯の腹に触れて湯の温度を確かめつつ、陶紹は答える。

「だが、誰もわたしの子を産みたいとは思わぬだろう」

陽元はいっそう憂鬱《ゆううつ》そうにつぶやいた。

このころには、陽元は自分の生母の死因が、外戚《がいせき》族滅法のために心を病んだ末の自死であることを学んでいた。皇太子になる者の母は、その一族を滅せられるという国法が、金椛国にはあった。

「そもそも、どうして族滅法なんてものができたのだろう。もしもあの女たちに生まれた息子の誰かが皇太子になったら、わたしはその妃の一族を皆殺しにしなければならないのか。そしたらその妃も、母のように自殺するのではないか」

陽元はその不安を、加冠の儀の少し前から漏らしていた。陽元の慰めになればと、陶紹は自分なりに調べてみたことを話し始める。

「族滅法はこれまでの王朝が短命だった理由が、外戚の専横によって滅んだため、ということになっていますが――」

「違うのか」

言葉を濁しがちな陶紹に、陽元は先を促した。

「違いません。が、族滅という極端な法が定められたのは、太祖の後宮において、皇后や上位の妃に生まれた男子が少なく、しかも戦死が相次いだために低位の御妻から太子を立てる必要があったことが、要因のようです」

陽元は眉間《みけん》に皺《しわ》を寄せた。

「意味がわからん」

「つまり当時の皇后が嫡母として皇太子を引き取り、生母とその一族は政治に干渉できないように後宮から追放すべきと、太祖に迫ったようなのです」

「追放ならば、族滅ではない」

陽元は首をかしげる。陶紹はうなずいて、先を続けた。

「生母の生家は、追放を不服として一族を挙げて直訴に出たのですが、皇后派はそれを謀反であると糾弾して、太祖に族滅を要求されたのです」

陽元の祖父にとっては、皇太子の母は後宮に大勢いる女のひとりに過ぎなかった。たまたま札を引いて床をともにしただけで、おそらく愛情もなかったのではないか。だから、身分の低い御妻とその実家が根こそぎいなくなろうと構わぬほど、取るに足らぬものであったのだろう。

太祖は皇后の要求を呑み、皇太子の生母の一族は滅すべしと詔を出した。

「それから、父帝の生母、つまりわたしの祖母にあたるわけだが、その御妻はどうなった？」

「謀反の罪は問われず、貴妃に立てられた記録はありますが、後宮の一隅に留《とど》まり、人前にはほとんど出ることなく、余生を送られたごようすです」

陽元は卓に頬杖《ほおづえ》をついて、茶杯を揺らした。

「つまり父帝も嫡母である皇太后に育てられて、実母を知らずにお育ちになったということか。ご自分が即位されたときに、我が子を産んだ御嫡母様の実家永氏の族滅を御命じになったのは、いったいどういうご心境だったのだろう」

「太祖が定められた法ですから、どうにもならなかったのでは」

陶紹の考えに、陽元は身を乗り出して反論する。

「しかし、わたしの御嫡母様は、我が子の立太子によって皇后にお立ちになったのだろう？　わたしの異母兄にあたるわけだが、その太子が夭折《ようせつ》したために御嫡母様の一族は無駄に滅せられたことになる。太祖のときとは後宮事情が違う。御嫡母様は御一族の命《いのち》乞《ご》いをしなかったのか？」

陶紹の調べではその先は判明できなかった。それでも、陽元を慰めるために私見ですが、と前置きをして自分の考えを話した。

「国法を変えたり、廃止したりするためには、まず官僚による上奏が必要です。ですが、太祖が定めた法に異を唱えることは、それ自体が大逆になりかねませんので、誰もが発言を怖れているのではと推察します」

あるいは――と陶紹は自答する。

立太子に伴う族滅でさえ、官家同士の抗争の道具にされているのではないか。ひとつの官家が滅べば、いくつもの要職が空く。そのために国家組織が弱体化することよりも、己《おの》が一族の官人が出世する方が重要と考える者は少なくないのだろう。

金椛国の中枢を担っていた陶紹の大伯父《おおおじ》でさえ、政敵に引きずり落とされて一族ごと滅ぼされたではないか。陶氏の宗家に連なる官僚の数は少なくなかったはずであるが、彼らが政界から消え去っても、金椛国の行政は何事もなかったように回っている。

その一方で、次の皇帝である陽元は、これから生まれてくる我が子が、その母親を自死に追い込むほどの苦痛をもたらすのではと危惧《きぐ》し、妃《きさき》らの寝所を訪れる夜が来るのを憂えている。

心根の優しい陽元のことであるから、自分が太子に選ばれたために実母が自殺したと知ってからは、今日のこの夜を怖れていたのは想像に難くない。

陶紹はにこりと微笑んで、口調を明るくする。

「とはいえ、まだまだ大家は御健壮であられますし、太子が即位なさるのは、はるか未来のことです。いまから生まれてもいない次の太子の心配をなさる必要はないのではありませんか。十年、二十年もすれば、太子も徳を積まれ、人々の心も変わり、法を変える手立てもみつかるかもしれません。太子の仁が、この国を変えていく力になるといいと、奴才は願っております」

陶紹が淹れ替えた熱めの茶を勧めると、陽元はぐいと飲み干してほっと息をついた。

「そうだな」

低い声で応じた陽元は、しかしまだ憂いの晴れぬ声で言い足した。

「いまになって、父帝や御嫡母様が何事にも執着するなと、わたしにおっしゃり続けた理由がわかった。愛着のあるものを失いたくないと思うと、その執着を断ち切るのが正しいことでも躊躇《ちゅうちょ》する。判断する力が曇り、決断する意志が鈍るのだ」

後悔に染まった眼差《まなざ》しで、塵《ちり》の舞う陽光を眺めてつぶやく。

「海王《かいおう》のことですか」

陶紹は先年、狩猟の最中に誤射の矢を受けて死んだ、陽元の愛犬の名を口にした。陽元は目を細めて宙の一点をにらみつけた。

「もう助からないから、死ぬまで苦しむだけだから、ひと思いに殺すのが慈悲だと犬飼は言ったんだ。だけど、わたしは海王の命を絶つことは、どうしてもできなかった。ずっと海王を育てて調教をしてきた犬飼が殺せと言ったのだから、そうすることが正しかったのに。苦しみを長引かせたわたしを、海王は恨んで死んだだろうか」

海王が死んだときの陽元の嘆きぶりを思い出して、陶紹は言葉もなく黙り込んだ。

海王が息を引き取るまでの数日、陽元は日課を終えると、宦官《かんがん》に変装して犬舎に忍び込み、朝まで海王に付き添っていた。何日目の朝だったか、陶紹すらもう覚えてはいないが、永氏との食事を終えて皇子宮に戻った陽元を、犬飼が待っていた。目を真っ赤に充血させた犬飼は、海王の首輪を陽元に差し出し、埋葬の許可を求めた。

その日から今日まで、陽元が海王のことを口にしたことはない。だが、あの首輪は寝台の下の箱にしまわれているのだろうと、陶紹は推察する。そしてひとりになったときは、取りだして眺めているのであろうと。

愛犬の死から、陽元は以前にも増して趣味の武芸や狩猟に没頭し、周囲への関心を示さなくなっていた。執着を断つ方法を、手探りで求めているかのように。

「太子」

迷った末、陶紹は陽元の横に膝《ひざ》をついた。ぼんやりとした主人の顔を見上げて、優しく微笑む。

「奴才《わたくし》には最期のときの海王の心はわかりません。ですが、いつか、もしも太子にとってそれが正しい決断であれば、奴才の命を取ることを躊躇なさらないでください。奴才はそのために太子を恨んだりはしません。あるいは、どれだけの苦しみが続こうと、太子がこの陶紹に生きることをお望みでしたら、奴才は最期までこの命にしがみつきます」

「紹――」

陽元は言葉を続けることなく、陶紹の肩に手を置いた。

相手のむき出しの心に触れてその痛みに惹《ひ》かれ、一時的な共感に呑《の》まれて立ててよい誓いではなかった。

だが、すでに陶紹は官奴であった。後宮にのみ棲息《せいそく》する宦官の未来しか望めない陶紹にとって、仁を具《そな》えたが故に苦しみを抱える皇太子の影であり続けることが、自分にとってはもっとも誉れのある、貫くべき生き方と思えたのだ。

# 夜来香

西の空が茜色《あかねいろ》に染まり、瑠璃瓦《るりがわら》の黄色も朱を帯びて夕日を照り返している。

東鴦宮の皇太子宮に落ち着いて二ヶ月が過ぎた。何もかも平穏に過ぎているようであるのに、同僚の陶玄月《げんげつ》のようすがおかしい、と王慈仙《おうじせん》は怪しんでいる。

陽元の命によって、今年十五になる者、すでに十五を超えていた通貞は、すべて加冠して字《あざな》を名乗ることになった。もともと、慈仙のように戸籍すら持たない生まれの者は通称で呼ばれるばかりで、親につけられたはずの本名もあやふやだ。慈仙は陽元から賜った一字を、以前から使っていた呼び名に追加しただけであるが、陶紹の『玄月』は、自分で考えたという。ほかの通貞も、自分で思いつけなかった者は陽元が考え、あるいは陶紹が助言した。

慈仙は自分の宦官服の袖《そで》を夕日に広げて、憂鬱《ゆううつ》そうに嘆息した。

「もう少し女児の衣装を着ていたかったな」

慈仙に女装趣味はないが、宦官服も宦官帽も地味でかつ没個性なので好きではない。女童《めどう》や宮官の衣装は、絢爛《けんらん》な刺繍《ししゅう》や高価な絹の放つ色艶《いろつや》はないものの、豊富な色彩に、華やかな色を組み合わせる楽しみがあった。

妓楼《ぎろう》に生まれ育った王慈仙は、美しい衣装や白粉《おしろい》の匂いが好きだ。後宮に上がったのは食べるためでもあったが、皇族付きになれば華やかなものに囲まれ、触れる機会もあるだろうと思ったからだ。

金椛国では娼妓《しょうぎ》の子は人並みの扱いはされない。娼妓の娘は娼妓になるしかなく、息子は容姿が普通以下であれば十歳を過ぎるころには路傍に放り出され、運河の荷運びをして日銭を稼ぐか、体力のないものは物乞《ものご》いになる。ぼんやりとしていると人買いに攫《さら》われ、奴隷として売り飛ばされてしまうこともある。目端の利く者は盗みを重ねて食いつなぐ。そして野心がある者は宦官になるために後宮を目指す。

王慈仙は優しげな顔立ちが妓楼の主《あるじ》に気に入られ、留《とど》まるように誘われたが断った。生まれを卑しまれてまともな職につけず、結婚もできないのならば、宦官になって運を試したかった。容色が衰えれば妓楼を追い出され、蓄えが尽きれば野垂れ死にが待っている男娼《だんしょう》と違い、底辺から国の頂点に這《は》い上がり富豪になれる希望が、少なくとも宦官となった者にはあるのだから。

慈仙はわずかな路銀だけを懐に、母と暮らした花街を後にした。路銀はすぐに尽き、母の化粧箱から失敬してきた簪《かんざし》や耳飾りで食いつないだ。それもなくなると宿場のゴミを漁《あさ》り、路上で客を取りながら一年がかりで帝都にたどり着いた。

自宮手術を請け負う刀匠の扉を慈仙が叩《たた》いたときは、文字通りの無一文であった。

そんな慈仙も、いまでは皇太子殿下のお側付きだ。

他人の顔色を窺《うかが》い、その欲望を引き出し満たすことに長《た》けた慈仙にとって、後宮はまさにかれのための舞台であった。

妓楼で学んだ手管《てくだ》を生かし、上役の宦官や年を取った女官を手玉にとって、かれらがため込んだ給金を搾り取り、手術のために負った借金も三年で返済した。さらに、慈仙に惚《ほ》れ込んだ宦官を操って現在の地位を手に入れた。

あとは皇太子を籠絡《ろうらく》して、自分の思い通りに操ればいい。

はずであった。

男であろうと、女であろうと、慈仙に誘惑し操れないはずはなかった。ところが、皇太子はとんだお子様だった。夢中になるのは、木登りや戦争ごっこといった戸外の遊び。これでは慈仙が侮蔑《ぶべつ》していた市井のガキ大将と変わらない。しかも、十歳を過ぎても寝室に入れるのは乳母と侍従のみ、寝台に上げるのは愛犬だけ。その愛犬を嫡母に遠ざけられてからは、寝室にはほぼ誰も寄せ付けなくなった。

そのうえ、あれだけ通貞を引き連れて遊び回っているというのに、ひとりひとりの顔を認識しておらず、それぞれの名前も覚えていないのでは、と思われる節もある。

もしかしたら、歴史に残る暗愚な皇太子に仕える羽目になったのでは、と慈仙ははじめのうちは危惧した。しかし時間が経つうちに、それはそれで陽元の性格を把握し、欲求さえ押さえておけば、傀儡《かいらい》に仕立てるのは難しくないと考え直す。

得意技を封じられた慈仙は、次の手段に出た。宦官や女官に広げた人脈によって、皇子宮の外に情報を求めた。学問や公務によって後宮を空ける時間も増えてきた陽元の動向を観察すれば、その関心のあるところを突き止められると考えたからだ。

だから、陶家の獄が起きたとき、すぐさま状況を把握して、新人宦官の研修係に官家落ちが入ってきたら、すぐに知らせるように網を張っておくことができた。

初めてその少年を目にしたとき、典型的な良家の子息然とした陶紹のたたずまいに、慈仙は胸のムカつきを覚え、反射的に叩きのめしたくなった。宦官のほとんどが、慈仙のような貧民の出であり、かれらを支配し搾取する『貴族』らを憎んでいた。それゆえに、天上から落とされた官家の子息らに対して抱える慈仙たちの感情は、みなほぼ同じであった。

しかし慈仙は打算と理性によって、憎悪という負の感情をねじ伏せた。

攻撃的な宦官らに囲まれ、身を守る術《すべ》も知らないであろう少年に近づき、話しかける。顔を上げた陶紹の美貌《びぼう》にまず見惚《みと》れ、その顎《あご》をつかんで持ち上げた。

『これは上玉だ。じっくり仕込んで育てれば使い物になる。この小豎《こぞう》の顔に傷をつけたり、手足を欠いたりするような真似をしたら、この仙児が許さないよ』

かれ自身がいまだ通貞の身でありながら、教育係も慈仙の顔色を窺うほどであったから、恒例の新人いじめはもちろん、官家落ちに対する虐待を陶紹に仕掛けようと考えていた者たちは思いとどまった。

ただ、慈仙の言う『仕込み』の意味を知っている者たちは、地に堕《お》ちた貴公子の行く末を思って、そっと眉《まゆ》をひそめた。

その後、陽元と玄月の再会を叶《かな》えた功績によって、皇太子宮の宦官の中では慈仙の発言力は侍従に次ぐほどになった。

が、安心もしていられない。陽元の玄月に対する鍾愛《しょうあい》ぶりは、側近に向けるものとしては、限度を超えていた。いわゆる男色の気配はまったくないが、玄月はあらゆる意味で特別扱いを受けている。慈仙はそれが気にくわない。皇太子宮の通貞では筆頭になれた慈仙だが、その地位もいつ玄月に奪われるかわからないのだ。

陶名聞が正式に太子内坊の内侍少監の官職に就いたいま、玄月の出世は保証されたも同然だ。あっという間に慈仙を追い越して官位を上げ、陽元が即位したあかつきには宦《かん》官《がん》の最高位、司礼太監の座を手にするだろう。

——そうはさせないよ。

慈仙は口のなかでつぶやき、拳《こぶし》をぐっと握りしめた。

後宮の頂点に立つために、慈仙は故郷を捨て、男であることもあきらめたのだ。

「慈仙兄」

城壁の向こうに沈む夕日を眺めて考えに耽《ふけ》る慈仙の背中に、舎弟の林《りん》義《ぎ》仙《せん》が声をかけた。義仙は玄月を見つけた功績で、皇太子付きに取り立てられた小林《しょうりん》だ。

兄と称させるには義仙の方が背が高く、体格も良い。毎日のように武術に凝る皇太子の相手をさせられているので、ますます体つきが良くなってきた。宦官でも鍛えればたくましくなる良い例であると、ほかの側近たちも皇太子相手の鍛錬に巻き込まれている。

義仙の額に吹き出した汗を、慈仙は懐から出した手巾《しゅきん》で拭《ふ》き取ってやった。

「早かったな。今日の鍛錬はもう終わったのか」

「うん。玄月が怪我をしたから」

「あいつ、このごろどうしたんだろうな。急に鍛錬に真剣になって」

「玄月はああ見えて負けん気だから。頭でっかちのもやし小僧って古参に笑われたの、根に持ってるんじゃないかな」

慈仙の問いに、義仙は鼻をかきながら答える。慈仙はくすりと笑った。

「それで怪我をしてるんじゃ仕方ないな」

「うん。だから、玄月は今夜のお部屋詰めができなくなったから、太子がお戻りになるまでに、別の者を手配するように侍従に言われた」

東春宮では、必ずひとりの宦官が皇太子の私室に詰めて、陽元の不在中でも着替えや茶の用意を整えて待つのが務めであった。特に、内官の宮室から夜遅く寝宮に帰ってくる陽元の寝支度を調える務めは、通貞のころから仕えてきた、気心の知れた若い宦官たちの仕事であった。

「慈仙兄もいっしょに事務所に来てくれよ。札を読み間違えたら、また侍従にぶたれる」

「同僚の名前と読みくらい、いい加減に覚えないおまえが悪い」

慈仙は義仙を連れて、宮の事務所へ行き、壁に打ち付けられた当番札を指で追った。

『陶玄月』をひっくり返してかけ直し、自分の札を返した。義仙は驚いて慈仙の手を押さえる。

「お部屋詰め、おれがやるよ。侍従にそう言われたし」

「玄月に怪我をさせた太子が、平常心でお帰りになると思うのか」

「そ、そうだよな。慈仙兄じゃないと、ご機嫌は取れないよな」

義仙はほっとして礼を言った。

自分の名を分けてやったお気に入りの舎弟だ。腕は立ち、犬のように忠実な義仙だが、玄月の弱みを探らせるにはいまひとつ気働きに欠ける。城壁のごとき玄月の警戒心を出し抜いて、その本心を探り出すことができるのは、自分しかいないだろう。

義仙と別れた慈仙は、官舎に戻って陶玄月を見舞った。

「入るぞ」

寝込んでいるかと思えば、玄月は書机に向かって竹簡を広げて読んでいた。幅広の布を肩にかけて、左の腕を吊《つる》している。

玄月は官舎に個室を与えられていた。慈仙も個室を与えられているが、それは玄月の優遇を目立たなくするためであった。玄月の部屋は、一方の壁に天井まで棚が作り付けられ、大量の竹簡や布帛《ふはく》の巻物がぎっしり詰め込まれている。殺風景な部屋に多少の色を添えているのは、片隅に置かれた箜篌《くご》や琵琶《びわ》などの楽器を飾る螺鈿《らでん》や金箔《きんぱく》のみ。それから、そこはかとなく漂う、花の香りだ。

上役の宦官やなじみの女官に貢がせた装飾品や陶器、趣味で集めた華美な衣装で飾られた慈仙の部屋とは、大違いだ。

「慈仙兄」

振り返った玄月が左腕を庇《かば》いつつ立ち上がろうとするのを、慈仙は手ぶりで制した。

「腕を折られたのか」

「打撲だけです。三日は動かすなと侍医には言われました」

「玄月らしくないな。鍛錬中に気を抜いたのか」

玄月は曖昧《あいまい》な微笑を浮かべてかぶりを振った。

「いえ、太子の動きが速すぎるのです。もともと、よけるのが精一杯なところへ、大家が本気をお出しになってきたので」

「太子が本気を出したくなるほど、玄月が上達してきたということだろ？」

「そうなら嬉《うれ》しいですね」

玄月はまったりと微笑む。

「せっかく休みをもらったのに、勉強か」

慈仙は玄月の肩越しに、書机に広げられた竹簡をのぞきこんだ。

「勉強というほどでも。ただの書見です。次の青風会《せいふうかい》で読み合わせる講談を選んでおこうと思って」

謙遜《けんそん》しているつもりなのだろうが、勉強でも仕事でもないのに、読み書きをしているところが、もう別の生き物という気が慈仙にはしてくる。とはいえ、玄月の発案で始めた読書会は慈仙も楽しみにしていた。外廷の官僚には濁流と蔑《さげす》まれる宦官の身分で、『青風』もないものだが、陽元が乗り気になって承認したので、そうなってしまった。

学問慣れしていない通貞たちには、娯楽小説や講談などの物語を聴かせることから入り、内容を覚えてから読本を読ませて、文字を覚えたところで書き取りへと進む。そうして一年もすれば、将来の事務仕事に最低限必要な読み書きは習得できる。青風会の読書によって、慈仙もかなりの文字を覚えた。

それ以上を学びたい者には、経書の手ほどきまでしてやる熱心さを玄月は発揮しているのだが、それは余計なことだと慈仙は密《ひそ》かに思っていた。

「なんでほかのやつらにまで学問を教えるんだ？　自分より頭のいいやつが増えたら、面倒じゃないか」

竹簡の文字を指で追いながら、慈仙は訊《たず》ねる。玄月は意外なことを聞かれるといった顔で慈仙を見上げた。

「少しばかり学問をかじったくらいでは、頭はよくなりません。覚えるだけなら鸚鵡《おうむ》にだってできます。頭の良さというのは、学んだことを自分の頭で考えるために使えるかどうかです。慈仙兄は学問をしなくても、周りがよく見えるし、要領も良い。仕事を覚えるのも早くて、自分で考えて判断できる。とても賢いじゃないですか。慈仙兄が学問をして古人の考えや思想を学んだら、もっと頭がよくなると思いますよ」

ふふん、と慈仙は鼻で笑った。おだてているのか、本気で言っているのか。

陽元の寵《ちょう》を得るために、陶家の公子を救う手助けをしたが、陽元と玄月の関係は慈仙が想像していたようなものではなかった。そして宦官となってもひたすら学問を志す玄月の性向や目的も、よくわからない。わからないのではなく、出世のためだけに宦官になった慈仙は、学問の重要性が理解できないことを、認めたくないだけなのかもしれなかった。

窓辺の小卓に目を移すと、白磁の花瓶に房状に垂れた黄色い花が飾ってあった。はかない香りはその花から漂ってくる。

部屋を飾ることに興味のなさそうなふりをして、いつの季節でも必ず花を一種類だけ飾る。玄月のこういう気障《きざ》なところも、慈仙は好きになれなかった。

皇太子の寝宮に詰めていた慈仙は、夜も更けてから敬事房《けいじぼう》の宦官に先導されて帰ってきた陽元を迎えた。正妃以外の内官のもとでは朝まで過ごせないのが後宮の決まりだ。朝も早いので妃嬪《ひひん》の宮に長居することもないのが常であったが、この夜はいつもより遅く帰ってきた。

陽元の着替えを終えた慈仙は、眠りを誘う薬湯を差し出した。

この毎夜の儀式は無言で行われるのが常であったが、慈仙は敢《あ》えて口を添えた。

「お疲れでしたら、薬湯に少し蜜《みつ》を垂らしますか」

「いや、いい」

遅く帰ってきたことを、慈仙に冷やかされたのだと気づかない陽元は、浮かぬ顔で応《こた》える。薬湯を飲んで寝床に横たわり、布団をかけられて、不意に思い出したように「紹の肩はどうした」と訊ねた。

「侍医の見立てでは重傷ではなく、三日ほど腕を動かさないように言われたそうです。見舞ったところ、座って本を読んでいました」

陽元はふっと笑った。

「紹らしいな。治るまで休めと言っておけ」

「その玄月ですが、このごろ少し悩み事があるようです。鍛錬の怪我も、そのために集中できなかったのではないですか」

陽元は少し考えてからうなずいた。

「そういえば、紹はこのごろ、ぼんやりしていることが多いな。慈仙が気をつけてやってくれ」

そう言って、陽元は疲れ果てた仕草で布団をかぶった。

三日目に宮殿に上がった玄月の元気そうなようすに、陽元は安堵《あんど》の笑みを浮かべた。

「休みの間、何をしていた」

玄月は脇に抱えていた花瓶を窓辺の卓に置いてから応えた。房状に下を向いた、黄色い小花がゆらゆらと揺れるたびに、甘い香りが漂う。

「溜《た》めていた書を六巻、読破しました」

「休みに休まないのは紹らしい。その花は、なんという？」

陽元は窓辺に立って素朴な形状の花をのぞきこむ。

「夜来香です。この花は夜になるとよく香るので、寝室に置くとよいです」

花の香《か》を吸い込んだ陽元は、思い出したように微笑んだ。

「いつかの内官の部屋で嗅《か》いだのと同じ匂いだ。花は見なかったが——その宮には紹と話の合う女官がいるかもしれないぞ」

玄月の口元から、微笑がすっと消えたことに、花を見つめていた陽元は気づかない。しばらく思案に沈んだのち、「香りも悪くないが——」と独り言を呑《の》み込んだ陽元は、ふいに顔を上げる。

「紹は、楽器を弾けたな。今夜、付き添え」

「御意。今夜ということは、妃宮へですか。どの楽器がよろしいでしょうか。といっても、まともに弾けるのは箜篌くらいですが」

「なんでもかまわん。紹の得意な箜篌を持ってくるといい。あ、肩に響かないか」

急に思い出した陽元は、気遣わしげに玄月の左肩に目をやる。

「激しいのは無理でしょうが、穏やかな曲なら大丈夫です。しかし、お邪魔になりませんか」

こんどは玄月の口調に気遣いがこもっている。

「閨《ねや》に入っても、静かすぎてな。女官どもは昼間は騒がしいが、夜はああいうものなのか。どの内官も、閨ではひと言もしゃべらぬ」

　問われても玄月には答えようがない。実家から出てきたばかりの、若く初々しい皇太子宮の内官と、長年を後宮で過ごし、暇と欲を持て余した西凰宮《さいおうぐう》の妃嬪妻妾《さいしょう》とは、比較するのも非礼という気がする。

「太子から、声をおかけになっていますか。太子は奴才や慈仙兄にはお許しになっていますが、われわれは本来、皇族とこのように気安くお言葉を交わすことは許されません。内官もまた、そのように指導されているのでは」

「閨では顔もよく見えぬからな。声をかけようにも、予《あらかじ》め名前を聞いておくのを忘れる。勤めを果たしたら敬事房の宦官《かんがん》が帰るように促すので、事後もあまりゆっくりできない。夫婦のまぐわいというのは、ああいうものなのか」

「奴才に訊《き》かれましても――」

　玄月は赤面してうつむいた。かれの保寿宮時代を知る慈仙が見ていたら、赤面するほどの初心《うぶ》でもないくせに、とせせら笑われそうではあったが。

　それにしても、内官の数と東春宮で過ごした月日を思えば、すでに全員の閨を二巡はしているはずである。それなのに、誰一人として、陽元の心を捉《とら》えた女性はいないというのだろうか。永寿宮時代に宮官に手を出そうともしなかったのは、永氏に対する反発であったと解釈していたが、こちらに移ってきたのだから、もう少し解放的になってもいいのではと、玄月でさえ思うところだ。

「なにも、内官に対するのが夜の閨だけでなくてはならない、という決まりはございません。鍛錬か読書の時間を減らして、日課のどこかをお気に入りの内官との歓談に当ててもよいのですよ」

玄月の助言に、陽元は目を瞠《みは》る。

「そうなのか。だが、気に入った内官もいない」

閨を過ごした相手の顔も名前も覚えようとしないのだから、仕方がない。玄月は一案を絞り出した。

「東春宮に内官がそろいましてから、一同で歓談する機会がないのが、よくないのではありませんか。女官にも音曲や舞の心得がある者がいますし、我々にも管弦や曲芸の得意な者がいます」

「管弦の宴か。よい趣向だな。すぐに準備できるか」

音楽や文学にはあまり興味を示さない陽元ではあったが、この提案は素直に受け入れた。侍従を呼び出して、手配を命じる。

「鐘鼓司の俳優や、尚儀《しょうぎ》の楽団も呼びますか」

侍従の問いに、陽元は首を横に振った。

「いや、内輪でいい。東春宮の内官と宮官、宦官で歌や楽器、舞の上手な者に技を披露させる。女官だけでは演目がそろわなければ、通貞は合唱も舞もできるし、慈仙と義仙は曲芸や演武も得意だ。よそから呼んでくる必要はない」

陽元の命令は、たちまち東春宮を駆け巡った。

皇太子の日常は、学問と公務、そして鍛錬で忙しい。そのため、東春宮はとても静かだ。退屈していた内官も少なくなかったのだろう。東春宮はたちまち活気が満ちてきた。

何人かが音曲や詩の朗読を披露したあと、琵琶《びわ》を抱えた宮官に伴われて、控えめな化粧と装いの内官が進み出た。進行役の宦官が「星美人」と名を呼ばわると、星美人は柳腰のたおやかさで拝礼し、背筋をすっと伸ばす。椅子に腰かけた宮官が、琵琶を膝《ひざ》に乗せて指に爪をつける。舞うような爪の動きが琵琶の弦を弾《はじ》けば、滑らかな旋律が流れ出した。すうと息を吸い込んだ星美人の艶《つや》のある声が、広間に反響する。

歌を披露した内官の中では、抜きん出た歌い手であった。陽元は眩《まぶ》しげに目を細め、魅せられたように耳を傾けた。三曲を歌い終えた星美人が自席へ戻っても、まだ目を閉じたままだった。

「太子」

眠っているのかと思われるほど、じっとしていた陽元に、玄月がささやきかける。

陽元は目を伏せたまま、「うん」とうなずき返した。

玄月がなおも話しかけようとしたところへ、外廷からの書簡を携えた内侍省の宦官が陽元の前に進み出た。宦官の差し出した盆に載せられた白い封書に、陽元はぎゅっと眉《まゆ》を寄せ、不審そうにそれを受け取った。

封を解いて、書を開く。

陽元は書面を一瞥《いちべつ》しただけで、息を吸い込み目を大きく見開いた。書簡を持つ手が微《かす》かに震える。陽元のすぐ斜めうしろにいた玄月の目にも、その文面が飛び込んできた。

陽元は肩を大きく上下させて呼吸したのち、何事もなかったように書簡を巻き直して袖《そで》に入れた。書簡を届けた宦官に、下がるように命じる。

「太子」

気遣わしげな玄月の呼びかけに、陽元が振り向く。蒼白《そうはく》な顔色とは対照的に、目尻《めじり》は赤みを帯びている。

「宴をやめさせますか」

陽元が周囲を見渡すと、一同が不安そうな顔で自分を見上げていた。宦官の持ち込んだ物が見えなくても、陽元の顔色が変わったのは誰の目にも明らかであった。陽元は掌《てのひら》で顔をこすり、生真面目な表情を固く保ちつつ、喉《のど》にからむ声を咳《せき》で払う。

「かまわない。続けさせよ」

かすれた小声に、深い動揺が滲《にじ》んでいる。

「しかし」

「続けていい」

陽元はただ正面を向いて、きっぱりと言い切った。

玄月は進行役の宦官に名を呼ばれた。そちらを見ると、楽奏をともにする通貞たちが手招きをしている。

玄月は急いで箜篌《くご》を抱えて舞台に上がり、演奏に加わった。

先ほど星美人の伴奏をしていた可憐《かれん》な宮官と目が合い、ほんの一瞬、視線がからむ。

日暮れまで続く歌と演奏、芝居に曲芸。陽元の小さな後宮は、あるじも女たちも、仕える者たちも大半が十代の少年少女たちだ。一見なんの憂いもない花園を飛び交い戯れる、蜂や蝶《ちょう》の楽園のようでさえあった。

物語の、永遠に続く絵巻の一場面のような耽美《たんび》な世界に、玄月はこの宴《うたげ》の主人へと目を向ける。

玄月のまぶたに、先ほどの書簡に記されていた文字が躍る。

そこには恭王の官職と姓名、そして東海の海賊討伐中に彼の指揮する船が沈んだことと、遺体は回収されなかったことが、簡潔に綴《つづ》られていた。それ以外のことは何も書かれておらず、宦官は皇帝の意向も伝えてはこなかった。

内輪の宴とはいえ、妃嬪《ひひん》らが一堂に会している以上、宮中の行事だ。そして何年も前に皇籍を降《くだ》り臣下となり、遠い任地に赴いた一青年の死を皇族として公に悼むことは、後宮を蔑《ないがし》ろにする行為であると永氏の不興を買ってしまう。

陽元は紫檀《したん》の椅子の肘掛《ひじか》けに頬杖《ほおづえ》をつき、宴ではなく夕暮れの紫に染まりゆく空を見上げていた。その視線は宵の明星、太白《たいはく》に向けられている。

鷹揚《おうよう》さとこだわりのなさと、紙一重の飽きっぽさや気まぐれが層を成す陽元の性格が、生来のものであるか、あるいは環境や永氏によってそのように形作られたものであるかは、誰にもこうと断言できることではない。しかし玄月の目には、陽元がなにかに心を動かされたり、好ましいものを見つけたりしたときに、より距離を置こうと心をほかへ向ける習癖が刷り込まれているように映る。

そして今宵《こよい》、妃らと心を通わせるために設けられた宴のさなかに飛び込んできた訃報《ふほう》は、その習癖をいっそう強固な鎧《よろい》へと変えて、陽元の心を周りから隔てていくことだろう。

――ああ、この方はどうしようもなく、果てしなく孤独でおられるのだな――

賑《にぎ》わう宴から心を飛ばして虚空を見つめる陽元の姿に、寂寥《せきりょう》に満ちた思いが玄月の胸に深く刻まれたのだった。

# 第四話　魚水の契り

初夏の風も爽《さわ》やかな午後、星遊圭《せいゆうけい》は一歳半になる息子と愛妻の李明蓉《りめいよう》を連れて、親友の新居を訪れた。

「待ちかねたよ、遊圭。明々《めいめい》も来てくれてありがとう。阿賜《あし》も大きくなったな」

息子を抱いた明々と、大きな籠《かご》を抱えた遊圭を、史尤仁《しゆうじん》は両手を広げて満面の笑みで出迎える。

「橘《きつ》さんと秀姐《しゅうねえ》さんはまだ来てないようだね」

あたりを見回してから、遊圭が尋ねた。

「来るという返事はもらったよ。秀姐さんの診療所に急患でも入ったのかもしれない。待っていれば、そのうちに顔をだすだろうよ」

快活に応《こた》える尤仁に案内され、遊圭は中庭の回廊を通って奥の堂宇へと進む。

「いい邸《やしき》じゃないか」

手入れの行き届いた家屋と、季節の草木が丁寧に配置された庭園は、とても居心地がよさそうである。

尤仁は新年に校尉《こうい》に昇進し、春には第二子が生まれたのを機に、邸を購入した。

今日は次男の誕生と新居の祝いを兼ねて、かつて西の国境戦で困難をともにした友人たちとその家族を招待してくれたのだ。

「うん。ぼくの妻はなかなか都暮らしに慣れてくれないからね、なるべく庭が広くて静かな邸を見つけるのに苦労したよ」

「しかも、うちから近い」

遊圭は隣を歩く明々と目を見合わせて微笑んだ。

「妻がいつでも明々に会いに行ける距離でないと、いやだと言うからね。莉風《リーフー》！」

尤仁が妻の名を呼ぶと、奥から若い女性が顔を出して、手を振った。片手には生まれて間もない赤子を抱えている。

「星大官、明々姉さん！　待ってたのよ」

「莉妹《リーまい》！」

高い声で相手を呼び返した明々は、『あら、はしたなかったかしら』といった表情で夫を見た。遊圭は微笑みを返す。

「先に行きなさい。史夫人も君を待ちかねていたのだから。わたしと尤仁は庭で話しながら、橘さんを待つ」

「ありがとう」

遊圭に促された明々は、礼の言葉もそこそこに息子を抱いて奥へと急いだ。

「女同士で話したいこともあるだろうしね」

遊圭は遠ざかる明々の背中にそうつぶやくと、尤仁と苦笑を交わした。

皇帝直属の機関に勤める文官の遊圭と、近衛の錦衣兵《きんいへい》を束ねる軍官の尤仁では、仕事上の接点はない。かれらの家族ぐるみの交際は、学生時代からともに学び、先の朔露《さくろ》戦では肩を並べて戦った友情の賜《たまもの》であった。

互いに命の借りがあり、相手を救うためならば自分の地位や命を惜しむことのなかったかれらの付き合いは、文字通り『刎頸《ふんけい》の交わり』の体現であると、今上帝の司馬陽元《しばようげん》をいたく感動させた。通常であれば名家の子息らで占められる錦衣兵の指揮官に、地方の異民族出身の尤仁が抜擢《ばってき》されたのも、その忠節が正しく評価されたからである。

そして、どちらの妻も庶民の生まれで地方に育ち、思いがけなく官人を夫に持つこととなって上京した。気の抜けない都住まいで、身内を頼れない子育てに奮闘する明々と莉風のために、遊圭と尤仁は双方の妻を引き合わせた。夫を介して知り合った若妻らは、騒々しい都の暮らしと出産前後の不安を分かち合い、たちまち意気投合して姉妹の契りを交わし、明姉《めいし》、莉妹と呼び合う仲となった。

「都に呼び寄せて三年になるのに、奥方はまだ慣れないでいるのかい。乳飲み子がふたりもいたら、実家を恋しがる暇もなさそうだけど」

「忙しくて疲れれば疲れるほど、故郷が懐かしくなるんだよ。それに気候や食べ物も違うから、少しでも体調を崩すとなかなか回復しない。邸の内側だけでもくつろげるように、西部の言葉を話す使用人を増やした。それにほら、あれを見てくれ。この邸に決めた理由のひとつだ」

尤仁が指さした先には、棚に蔓《つる》を絡みつかせた葡萄《ぶどう》が葉を繁らしていた。

「都で、葡萄が育つのか」

遊圭は驚いて葡萄棚に近づき、掌《てのひら》よりも大きな葉を裏返す。びっしりと集まった蕾《つぼみ》が、小さな葡萄の房のようにも見える。

「実がつくかどうかはわからないけど、この邸を見に来たときは、この葡萄樹はもう二年目という話だったから、育つことは育つみたいだ。ほかにも、西方の植物を取り寄せて、西部風の庭造りをするつもりだよ。あちらの庭師を派遣してもらうよう、父にも頼んである」

「それは楽しみだな」

遊圭は籠を片手に持ち替えてうなずく。尤仁はその籠に目を落とした。

「ところで、その籠には何が入っているんだ」

「ああ、次男の誕生祝いに、何がいいかって明々と相談したんだけどね」

遊圭は籠を大理石の腰掛けに置いて、蓋《ふた》を開けた。中には黒褐色の毛玉が丸まり、急に差し込んできた光に眩《まぶ》しそうに鼻先を上に向けた。黒い瞳《ひとみ》がキラキラと光っている。

「天狗《てんこう》？　いや、仔《こ》天狗だね。天伯《てんはく》と天遊《てんゆう》のどっちかな」

「天伯だよ。縁起のよい瑞獣《ずいじゅう》というだけでなく、犬や猫の毛では咳《せき》が出たり、肌が荒れたりする子どものいる家でも飼える。その上、頭も良くてよく知った人間を見分けるから、この距離なら互いの家を行き来することも可能だ」

「って、つまり?」

尤仁は困惑した面持ちで訊《たず》ねた。

「奥方と明々が、うちの天遊とこちらの天伯に文を持たせて、好きなときにやりとりできるってことだよ。橘さんには天真《てんしん》がいるだろ? それで医学講座の案内や薬について、明々と秀姐さんが天狗と天真でやりとりしているというから、尤仁の家にも仔天狗がいたら、奥方が安心じゃないかと思ったんだ。あ、でも、君たち動物が苦手ってことは、ないよね」

馬も駱駝《らくだ》も乗りこなす友人が動物を嫌いなはずはないが、奥方の莉風の考えは確かめていなかった。明々が「それはいい考えだ」と即座に賛成したので、人見知りしない天伯のほうを選んで連れてきた。

「この距離なら、天伯もよそへやられた、という気にはならないと思うんだ。ときどき、天狗がようすを見にこれるから」

そこへ、表の方からがやがやと人の集まる音がして、女中が客の到来を告げた。

「橘さんだ」

尤仁が迎えに出ようとする間もなく、橘真人《まひと》と周秀芳《しゅうしゅうほう》の夫婦が中庭まで案内されてきた。もともとの丸顔が、いっそう福々として肩も丸みを帯びてきた真人が、丸い目を細めて籠をのぞき込む。

「御次男のお誕生、まことにおめでとうございます。おや、天伯ですね」

「さすがに橘さんは一目で見分けますね」

「そりゃ、生まれたときから半年は世話をしましたからね。それに、天伯は首の白い模様が、少し広めなんですよ」

「こうして見ると、うちの天真は耳の黒いところが、天伯よりも濃いですよね。御次男と新居へのお引っ越し、おめでとうございます」

と周秀芳が付け加える。軍官僚の橘真人に嫁いで三年が経つ周秀芳であったが、家庭に入らずに続けている女医官の仕事が忙しすぎるせいか、橘と周の間にはまだ子どもが生まれていない。しかしそのようなことはまったく気にしたようすもなく、尤仁と遊圭の子どもたちの誕生を喜び、成長を祝ってくれている。

「星家も史家も、男子ばっかり生まれていますね。女子の一番乗りはぜひ我が家で成し遂げたいものですけどねぇ」

橘がのんきに宣言する。秀芳がもう、と顔を赤らめて夫を肘《ひじ》で突っついた。

「莉風と明々は、奥でくつろいでいます。秀姐さんをお待ちかねですよ。赤ん坊のことで、質問責めにしないよう、ちゃんと言ってはありますが。長男と違ってどうも寝付きが悪く、泣き止まないので、莉風はすっかり疲れ切っています」

尤仁は困り笑いといった表情で、奥の堂宇を指し示した。

「まかせてくださいな。赤ん坊はもう、何人も取り上げたもの。いろんな赤ちゃんを診てきたから、どんな相談だって引き受けられるわ」

周秀芳が良い香りを残して奥へ消えると、三人の若者——といっても橘だけはすでに青年期を脱して三十代も半ばにさしかかっていたが——は久しぶりの再会に近況を報告しあう。

「そうそう、尤仁さんは昇進もされていたのですよね。三年で隊正《たいせい》から旅帥《りょすい》、そして校尉とは、とんとん拍子の出世です。これで遊圭さんと同じ緑衣銀帯ですね」

少し寂しそうな色が口元の皺《しわ》に出てしまうのは、出世に取り残されたやるせなさを隠しきれないのだろう。

「橘さんだって、すぐに追いつきますよ」

遊圭はつい根拠のない慰めを吐いてしまう。真人は強いて笑顔になり、首を横に振った。

「あ、すみません。祝いの席で湿っぽい空気を醸《かも》しちゃって。軍官の事務方ではまあ、碧衣《へきい》の正八品まで上がれたら御の字ですよ。それに遊圭さんとの縁で、外国人の私が登用試験も通らずに金椛国《ジンファ》の官僚になれたのです。五年前の無位無冠無一文の自分からは、想像もできない立身出世です。なのに、人間の欲には限りが無いですねぇ。赤や緑衣の官人を見ると、やっぱり憧《あこが》れます」

自らを戒めるように、真人は拳《こぶし》で自分の肩をポンポンと叩《たた》いた。

「ぼくも、これからはそんなに出世しないと思います。都にも高官にも、有意な人脈がありませんし」

慰めるというのでもなく、尤仁が言う。

「戦争でもなければ、軍人の出世は亀の歩みにも劣ります。でも、平和が一番ですからね。朔露が巻き返しを図っているらしいので、油断せず鍛錬を続ける必要はありますが、できればもう戦争には行きたくない」

軍人なのに、本音を漏らす尤仁だ。

「何度も死にかけたけど、慣れないものだよね」

遊圭も同調する。

「われわれの希望は、遊圭さんです。うんと官位を上げて、末は大臣になり、我々を引っ張り上げてください」

橘が冗談に紛らわせた本音に、遊圭は苦笑を返す。

「野心がないわけではないけど、残念ながら、体が言うことを聞きません」

前線から帰って三年も経つのに、疲れやすい体は治る気配がない。季節の変わり目には熱を出し、冬には夜中に止まらない咳がでる。子どもがふたりいるような忙しさで明々を困らせている家長の遊圭だ。

「病欠が多くて、勤務評定があまりよくないのですよ。あまりがんばっても、出る杭《くい》は打たれますから、ゆっくりやります。家にこもって、明々や天賜《てんし》、天狗親子と遊んだり、本を読んだり、秀芳さんが送ってくれる医学書を明々と学ぶ時間の方が、ずっと大事です」

祝いに駆けつけておきながら、三人してなんとも景気の悪い話題になってしまい、思わず同時に笑い出した。次に口を開いたのは尤仁だ。

「のんびりゆったり。平穏に過ごせたら、それが一番だと思う」

一同でうなずき合ったあと、橘真人は急に頰を引き締めて姿勢を正し、真面目な顔になった。

「ところで、お二方にお願いがあるのです」

「わたしたちに、できることならば」

遊圭と尤仁は声をそろえて応《こた》える。真人は姿勢を改めて話し始めた。

「海東州《かいとう》の港に、東瀛《とうえい》国から朝貢の国使が着いたそうなのです。それで、通詞の役を拝命しまして、港へ国使の一行を迎えに行くことになりました。送迎の往復で都を離れ、都に帰っても接待で家に帰れない期間が、半年から一年は続きそうです」

遊圭は驚き、そしてにこりと笑う。

「家を空けるのは不安でしょうが、久しぶりに祖国の方々にお会いできるのですね。東瀛国の人間で、金椛の官僚になった例は、橘さんが初めてじゃありませんか。皆さん、びっくりするでしょうね」

「しかも、東瀛国の貴族でも学者でもない、一庶民がですよ」

真人は唇をぐいと引いて、笑いを堪《こら》えようとしたが、失敗した。にこにこと頰が震えている。

「それで、留守の間、秀芳と診療所、女医太学の応援をお願いしたいのです。明々さんはまだ阿賜が小さいから難しいかもしれませんが、顔をだしてくれるだけでも、秀芳には心強いと思います」

「もちろんです」

「ぼくも、手伝えることがあれば、なんでもしますよ。女医による女性のための診療所があるから、莉風が安心して都で子を産み育てることができているのです」

遊圭も尤仁も、熱心に請け合った。

「国使の接待を任されるというのは、すごいことです。これがうまく行けば、中央か地方官への道も開けるでしょう。陛下はちゃんと橘さんのことを覚えていて、軍官から文官への橋渡しを考えてくださっているのではないかな」

「そう、ですかね。そうだといいですけど」

橘は微笑みがこぼれて止まらないといった風情だ。

そこへ、家政婦が「お食事の用意ができました」と三人に告げた。

「奥さま方、お子様方も広間へお入りです」と付け加える。

初夏の午後は日陰の風も涼しく、広間からは羊の炙《あぶ》り肉の匂いや、麵麭《ナン》の焼ける香ばしい香りが流れてくる。香辛料をたっぷり使った、西方料理の匂いだ。

普段は空腹をあまり感じない遊圭の腹が、このときグウと音を立てた。

「そういえば、昼を食べる暇がなかった」

青年たちは大急ぎで広間へと足を運ぶ。天伯も肉の匂いに誘われて、人間よりも先に飛び跳ねるようにして屋内へと駆けてゆく。

広間から響く子どもたちの叫び声、そして女たちの笑い声に負けないよう、橘が声を上げた。

「今夜は、我々の平和でのんびりした未来を祈念して、祝杯を重ねましょう」

「そうそう」

「そうしましょう」

乾杯の前から、みな幸福に酔った顔で笑い合う。

それぞれの席について、一献ずつ祝辞を述べては、そのたびに杯を干した。

東の海の彼方《かなた》からやってきて、ともに西の砂漠を越え、最初の戦友となった橘真人。

先祖が西の砂漠を越えて金椛国に住み着き、家族の期待を背負って金椛国の軍人となり、遊圭とともに戦場を駆け抜けた史尤仁。

どちらも一度は、遊圭を命の危険に遭わせたり、罪を負わせるようないきさつはあったのだが、気がつけば互いの命と背中を預け合い、平和なときは腹を割って話し戯れ、困ったことがあれば相談し、損得を考えずに手を貸し合える友がらとなった。

このふたりのどちらが欠けても、遊圭は今日ここに生きてはいられなかっただろう。

杯を掲げて、「知音《ちいん》、世に稀《まれ》なるところ（心からわかりあえる友は、この世に滅多にいないものだ）」と口ずさみ、杯を干す。

酒が入るとすぐに顔が赤くなる橘は、楽しげに笑った。

「おやおや、星大官もずいぶんと風流子におなりですね。それでは私は『逢《あ》い難さは、終始のひと（出逢い難いのは一生の友）』」と吟じて杯を干した。

尤仁は自分の番とばかりに、どの一節を吟じようかと煩悶《はんもん》してなみなみと満たした自分の杯をにらみつける。

「うーん。武芸ばかり励んで、最近は読書をしてない、というか、筆を矛に取り換えてからはもう勉強しなくなったからなぁ」

言い訳をしつつも、「『交わりを結びて——』うーん。なんだっけ」とあきらめきれずにブツブツと考え込む尤仁を妻の莉風《の》がからかい、そのようすを横から笑う一同。

十年先もこんな風に集まって呑み騒ぎ、二十年先に年をとっても笑い声の尽きない夜を過ごせれば、どれだけ幸せな人生であろうと、遊圭はさらに杯を重ねた。

# あとがき

篠《しの》原《はら》悠《ゆう》希《き》

『月下氷人　金椛《きんか》国春秋外伝』をお読みいただき、どうもありがとうございました。

本書をお買い上げくださった読者の皆様、素敵な装画を描いてくださった丹地《たんじ》陽子《ようこ》様、本作のシリーズ化にご尽力いただいた担当編集者様に、心からの感謝を申し上げます。

金椛《ジンファ》国は架空の王朝です。行政や後宮のシステム、度量衡などは唐《とう》代のものを、風俗や文化は漢《かん》代のものを参考にしております。

なお、作中の薬膳《やくぜん》や漢方などは実在の名称を用いていますが、呪術《じゅじゅつ》と医学が密接な関係にあった、古代から近世という時代の中医学観に沿っていますので、必ずしも現代の東洋・西洋医学の解釈・処方とは一致しておりませんということを添えておきます。

参考文献

ＮＨＫカルチャーラジオ『漢詩をよむ　信　ゆるぎない絆　ともに生きる人』ＮＨＫ出版

本書は書き下ろしです。
この作品はフィクションです。実在の人物、団体等とは一切関係ありません。

# 月《げつ》下《か》氷《ひよう》人《じん》

## 金《きん》椛《か》国《こく》春《しゅん》秋《じゅう》外《がい》伝《でん》

## 篠《しの》原《はら》悠《ゆう》希《き》

令和3年 9月25日 初版発行

発行者●青柳昌行

発行●株式会社KADOKAWA
〒102-8177 東京都千代田区富士見2-13-3
電話 0570-002-301(ナビダイヤル)

角川文庫 22832

印刷所●株式会社暁印刷
製本所●本間製本株式会社

表紙画●和田三造



●お問い合わせ
https://www.kadokawa.co.jp/（「お問い合わせ」へお進みください）
※内容によっては、お答えできない場合があります。
※サポートは日本国内のみとさせていただきます。
※Japanese text only


ISBN 978-4-04-111306-6 C0193

# 角川文庫発刊に際して

角川源義

第二次世界大戦の敗北は、軍事力の敗北であった以上に、私たちの若い文化力の敗退であった。私たちの文化が戦争に対して如何に無力であり、単なるあだ花に過ぎなかったかを、私たちは身を以て体験し痛感した。西洋近代文化の摂取にとって、明治以後八十年の歳月は決して短かすぎたとは言えない。にもかかわらず、近代文化の伝統を確立し、自由な批判と柔軟な良識に富む文化層として自らを形成することに私たちは失敗して来た。そしてこれは、各層への文化の普及滲透を任務とする出版人の責任でもあった。

一九四五年以来、私たちは再び振出しに戻り、第一歩から踏み出すことを余儀なくされた。これは大きな不幸ではあるが、反面、これまでの混沌・未熟・歪曲の中にあった我が国の文化に秩序と確たる基礎を齎らすためには絶好の機会でもある。角川書店は、このような祖国の文化的危機にあたり、微力をも顧みず再建の礎石たるべき抱負と決意とをもって出発したが、ここに創立以来の念願を果すべく角川文庫を発刊する。これまで刊行されたあらゆる全集叢書文庫類の長所と短所とを検討し、古今東西の不朽の典籍を、良心的編集のもとに、廉価に、そして書架にふさわしい美本として、多くのひとびとに提供しようとする。しかし私たちは徒らに百科全書的な知識のジレッタントを作ることを目的とせず、あくまで祖国の文化に秩序と再建への道を示し、この文庫を角川書店の栄ある事業として、今後永久に継続発展せしめ、学芸と教養との殿堂として大成せんことを期したい。多くの読書子の愛情ある忠言と支持とによって、この希望と抱負とを完遂せしめられんことを願う。

一九四九年五月三日

# 天涯の楽土

**篠原悠希**

**古代九州を舞台に、少年たちの冒険の旅が始まる！**

弥生時代後期、紀元前１世紀の日本。久慈島《くじのしま》と呼ばれていた九州の、北部の里で平和に暮らしていた少年隼人《はやと》は、他邦の急襲により里を燃やされ、家族と引き離される。奴隷にされた彼は、敵方の戦奴の少年で、鬼のように強い剣の腕を持つ鷹士《たかし》に命を救われる。次第に距離を縮める中、久慈の十二神宝を巡る諸邦の争いに巻き込まれ、島の平和を取り戻すため、彼らは失われた神宝の探索へ……。運命の２人の、壮大な和製古代ファンタジー！

角川文庫のキャラクター文芸

ISBN 978-4-04-109121-0

# 後宮の検屍女官

## 小野はるか

**ぐうたら女官と腹黒宦官が検屍で後宮の謎を解く!**

大光《だいこう》帝国の後宮は、幽鬼騒ぎに揺れていた。謀殺されたという噂の妃の棺の中から赤子の遺体が見つかったのだ。皇后の命で沈静化に乗り出した美貌の宦官・延明《えんめい》の目に留まったのは、居眠りしてばかりの侍女・桃花《とうか》。花のように愛らしいのに、出世や野心とは無縁のぐうたら女官。そんな桃花が唯一覚醒するのは、遺体を前にしたとき。彼女には検屍術の心得があるのだ――。後宮にうずまく疑惑と謎を解き明かす、中華後宮検屍ミステリ！

角川文庫のキャラクター文芸

ISBN 978-4-04-111240-3